昏迷不醒

张族权 著

CNS 湖南文艺出版社 HUNAN LITERATURE AND ART PUBLISHING HOUSE 博集天卷 CS-BOOKY

图书在版编目（CIP）数据

昏迷不醒 / 张族权著 .—长沙：湖南文艺出版社，2015.1

ISBN 978-7-5404-7060-9

Ⅰ. ①昏…　Ⅱ. ①张…　Ⅲ. ①长篇小说 - 中国 - 当代　Ⅳ. ①I247.5

中国版本图书馆 CIP 数据核字（2014）第 300491 号

上架建议：文学 · 情感小说

昏迷不醒

作　　者：张族权
出 版 人：刘清华
责任编辑：薛　健　刘诗哲
监　　制：邹积川　郭　群
特约编辑：刘恬伊
装帧设计：姜利锐
内文排版：丁丁图文
出版发行：湖南文艺出版社
（长沙市雨花区东二环一段 508 号　邮编：410014）
网　　址：www.hnwy.net
印　　刷：北京京都六环印刷厂
经　　销：新华书店
开　　本：787mm × 1092mm　1/16
字　　数：125 千字
印　　张：15
版　　次：2015 年 1 月第 1 版
印　　次：2015 年 1 月第 1 次印刷
书　　号：ISBN 978-7-5404-7060-9
定　　价：36.00 元
（若有质量问题，请致电质量监督电话：010-84409925）

幸福的家庭，
稳定的婚姻，
瞬间的激情，
还有激情过后的纠缠与迷茫。
华丽光鲜的情感生活底下，
隐藏着怎样不可告人的秘密……

如何让我遇见你，
在这阴冷的夜里。
一恍神，
一刹那，
我们被命运纠结在一起。

你破坏了我们之间最美好的东西，
“我是你的唯一”这个梦境，
这么多年来我沉浸于此，
但现在已经被你打碎了。

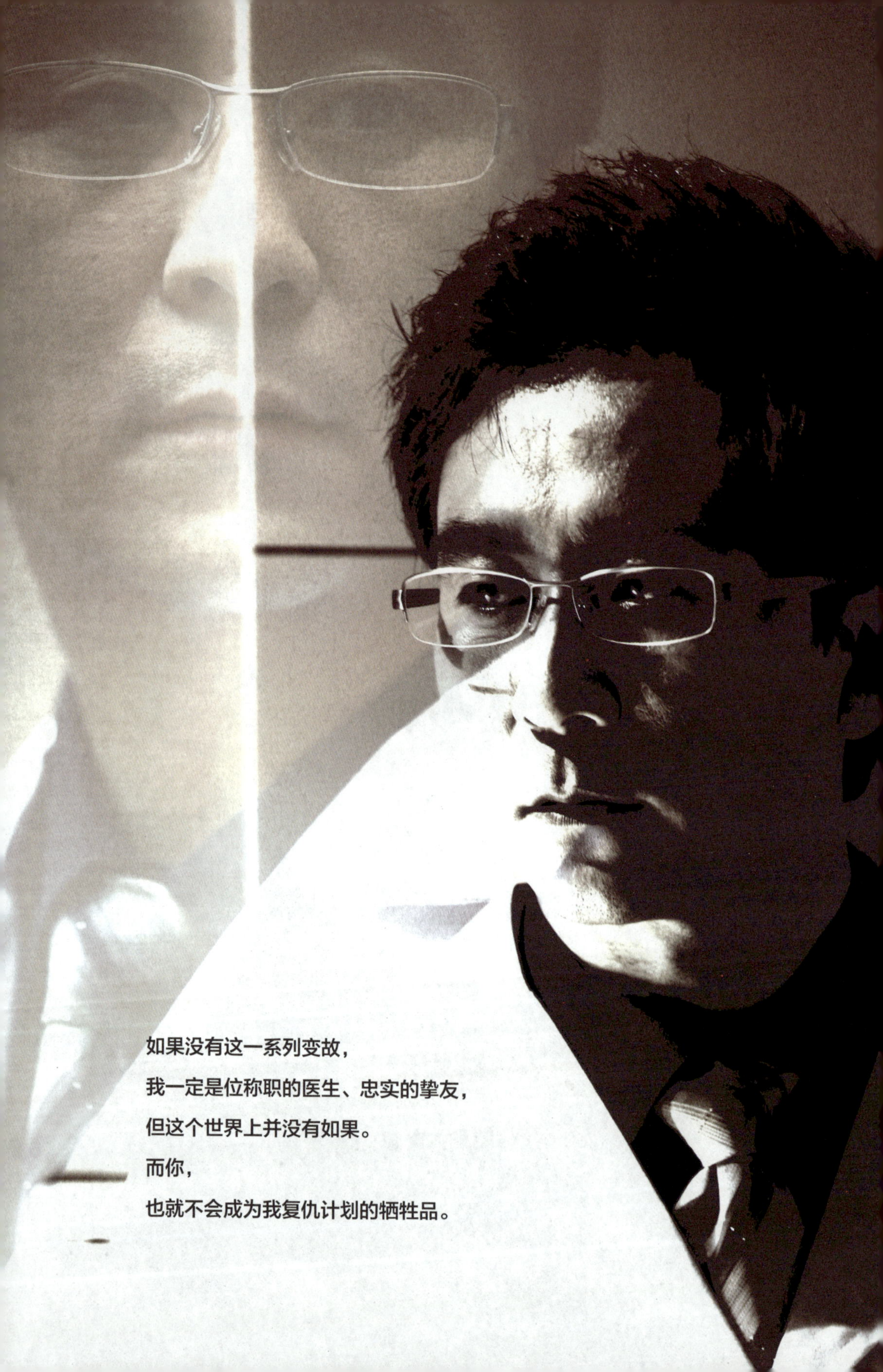
如果没有这一系列变故，
我一定是位称职的医生、忠实的挚友，
但这个世界上并没有如果。
而你，
也就不会成为我复仇计划的牺牲品。

我的爱已不复当初单纯的模样，

我想要忍住眼泪，却无法忍住悲伤，在不知不觉中，我的泪已成行。

这是一次在婚姻与爱情中昏迷不醒的男男女女的苦难轮回。

这是一场为放纵付出沉重代价的人们的悲欢离合。

如果失去是苦，你还怕不怕付出？
如果追求是苦，你还要不要幸福？
如果迷茫是苦，该堕落还是解脱？
如果清醒是苦，该开始还是该结束？

一丝苦涩，一丝伤感，一丝无奈。

这就是错爱的代价，在昏迷中悲伤痛苦，在清醒中涅槃升华。

Contents / 目录

昏　迷　不　醒

遇 见 ， 会 不 会 就 此 改 变 一 生 ？

第一章 / 波澜

昏　迷　不　醒

夜，黑沉沉的夜。城市的街道如同蛛网一般四下密布，每个转弯处都有路灯无法关照的空间，如同命运，谁也不知道下一个十字路口会遇见什么，而这遇见，会不会就此改变一生？

01

夜，黑沉沉的夜。城市的街道如同蛛网一般四下密布，每个转弯处都有路灯无法关照的空间，如同命运，谁也不知道下一个十字路口会遇见什么，而这遇见，会不会就此改变一生？

在这样的夜晚，许多人选择与家人围坐在电视机前观看别人的离合悲欢，也有的三两好友相聚，说说笑笑快乐无边。但孟小凡却没得选择，因为每个夜晚辗转于几个酒吧咖啡厅演出所得的收入，是她生活的主要来源。

孟小凡今年23岁，模特般高挑玲珑的身材，一双顾盼生辉的大眼睛，一头乌黑柔美的秀发，走到哪里都是引人瞩目的。演出的时候，常常会有不怀好意的男人上来搭讪，令孟小凡很是尴尬。不过在梦凡咖啡屋就好多了，老板寒冬对她的保护与照顾，让那些非分之徒没有可乘之机。但是想到寒冬，孟小凡心头涌起一种复杂的感情，她轻轻地叹了口气。

一条灯光昏暗的巷子出现在眼前，穿过这条巷子，再走不远就是梦凡咖啡屋了。这条巷子本就人烟稀少，最近路灯又坏了几盏，孟小凡犹豫着，可想到如果不走这里，就要绕上两倍的路程才能到。为了快点儿赶到咖啡屋，孟小凡还是走进了暗巷。

是的，她别无选择。

假如父母还在，假如弟弟孟驰不是得了那种无法根治的疾病，那么生活所展现出来的全部，一定是另外一种颜色。

面对路灯下模糊的巷子，孟小凡又叹了一口气。

就在这个时候，她忽然听到了一个异样而轻微的声响。孟小凡心头一紧，《夜行女遭遇拦路抢劫》等新闻标题蓦然出现在脑海中，顿时惊出了一身冷汗，脚下也不由得加快了速度。走到一个转弯处，孟小凡猛地回头——没有猜想中的危险，没有跟踪的人，什么都没有……

虚惊一场！孟小凡拍了拍胸口，可刚一转回头，顿时惊叫出声——两个面目凶狠的男人像是突然从地底下冒出来一样，出现在她的面前。

尽管几乎被吓得灵魂出窍，孟小凡还是下意识地拔腿就跑，两个歹徒穷追不舍，三个人在昏暗的巷子里绕来绕去，孟小凡一边跑一边呼救，可想不到的是连一个人都没有喊来。她有些绝望的慌乱，加上跑得太快，一个踉跄，被脚下的砖块绊倒在地。

歹徒中的一个先跑到了孟小凡身旁，一把拽下她的挎包，翻开看看，非常失望地想扔给他的同伙。

“跑那么快，还以为能弄个大的呢，可你瞧，这钱还不够咱哥儿俩塞牙缝的。”

另外一个歹徒扫了一眼挎包里那几百块钱和一个老旧款式的手机，并没有接，又扫了一眼孟小凡娇俏的面容，猥琐地笑了。

“没钱也行，人咱也要啊！”他色眯眯地说。

孟小凡心下大急，眼瞅着面前两个高大凶恶的男人朝自己扑来，她抬起脚朝离自己最近的那个狠狠地踹了过去，正踹在那人的要害部位。这一脚疼得歹徒立刻蹲了下去，把另一个也吓得一愣。趁着那两人还没有反应过来，孟小凡爬起来朝巷口跑去，一直跑到明亮的大马路上，看到了来来往往的人群，她才心有余悸地转回头去，看样子那两个歹徒没敢跟上来，早已经没了踪影。

孟小凡拖着软绵绵的腿到了梦凡咖啡屋，稳稳心绪走了进去。可是很快，孟小凡觉得有些不对劲儿，咖啡店里怎么一片漆黑，没有音乐，没有灯光，没有客人……

刚受过一次惊吓的孟小凡神经再度绷紧，她转身欲跑，一束追光灯打在了她的身上，吓了她一跳。音乐缓缓响起，是理查德·克莱德曼的《爱的罗曼史》，紧接着，西装笔挺的咖啡店老板寒冬，手捧一束鲜艳的玫瑰花，走到了孟小凡面前，单膝跪下。

“小凡，嫁给我好吗？”

在那束玫瑰花上，一个打开的小锦盒里放着枚亮闪闪的钻戒。

孟小凡一言不发，寒冬急了，上来一把拉住她。今天这一切都是寒冬精心布置好的。自打两年前的今天遇见孟小凡，寒冬便一发不可收拾地爱上了这个朴素美丽的女孩子，连自己经营的咖啡屋的招牌都改成了“梦凡 cafe”，足可见一片深情。他也知道孟小凡有个身患肌无力疾病的弟弟，可他不在乎，只要小凡愿意，他寒冬就心甘情愿一辈子养着姐弟两个。

只可惜寒冬的痴情并没有换来孟小凡的青睐，甚至引起了她的一丝反感，而在这个夜晚，连惊吓带意外还有满腹的不舒服让孟小凡瞬间爆发了出来！

“你能不能不要再折磨我了！”孟小凡怒视着面前这个西装笔挺满脸深情的男人。

说真的，对于寒冬素日对自己的照顾她很感激，但对于寒冬的爱情她却无法接受。寒冬这个人要说也挺有才，画得一手好画，可同所有的艺术家一样，他十分神经质，身上总带着一股阴郁与无法捉摸的气质，孟小凡不喜欢。

也许是因为一直以来生活的压力太大，孟小凡内心渴望的是那种能带给自己和煦与温暖感觉的情感。只有这样的感情，才能使她没有安全感的内心感到踏实。可是寒冬的爱情，却是硬生生地，像块大石头一般砸进了自己的生活。

孟小凡的怒视与吼叫并没有吓退寒冬，相反，寒冬还觉察出了那么一丝鼓励自己的意思。他一直认为孟小凡并不是不喜欢自己，而是自己炽热的情感还没有让孟小凡真正体会到。哪个女孩子不喜欢男人为自己爱得死去活来啊，无非就是满足她们在爱情里的虚荣心嘛，没关系，寒冬有准备！

想到此，寒冬脸上的笑意更浓了，他慢慢解开西装纽扣，一把拉开了衬衫。

孟小凡被他突如其来的举动吓了一跳，可当她看到寒冬赤裸的胸膛时，一下子捂住自己的嘴，把惊讶生生地咽了回去。

就在寒冬胸口的位置上，血淋淋地刺着一个女人的头像，那不正是她孟小凡吗？！

孟小凡感觉自己的心脏在抽搐，说不上来是惊恐还是恶心，此时的情形比刚才路遇歹徒还要让她害怕，她再也无法待在那里，转身冲出了咖啡屋。与此同时，孟小凡心里更加确定：这个寒冬绝对不是自己要找的那种人，绝对不是！

在孟小凡身后，传来寒冬激动的声音："小凡，我已经把你刻在我胸口了，这辈子你都是我的，你是不是不相信我？是不是？那我把你的名字也刻在我身上，这下你总该相信了吧？"

孟小凡转头一看，寒冬正拿着一把匕首，在自己胸口的位置比画着，孟小凡尖叫起来。这个人疯了，真疯了！

孟小凡冲出咖啡屋后，胡乱地顺着马路奔跑，寒冬挥舞着匕首紧追不舍，一步一步逼近她……

脚步声近，孟小凡惊恐万分。她不时扭头看一眼越来越近的寒冬，慌乱之余，没有发现旁边一条小街道里正缓缓驶出的车辆，偏偏开车的司机正忙着打电话，也没有注意前面忽然蹿出的身影，孟小凡就这么一下子撞在了车门上，车子停了下来。

开车的男人只听得外面"砰"的一声响，接着便看到一个人倒在了地上，赶紧下车扶起了孟小凡，嘴里焦急地询问："伤到哪儿了？让我看看，让我看看。"

孟小凡并没有听到这个叫丁邵峰的男人的问话，她只知道寒冬就要追上来了，爬起来又要跑，但身体却被丁邵峰给拉住，一时焦灼万分，又不知道该怎么解释，只是一个劲儿地挣脱。

丁邵峰纳闷地看着这个一脸惊恐的姑娘，脑子里忽然闪出一些陈旧的画面，但还没反应过来，便又见一个手拿匕首的男人从后面追了过来，嘴里一个劲儿地叫着："小凡，你别跑！"

持刀的男人在丁邵峰面前停下了，丁邵峰感到身边的这个姑娘在发抖，男人保护女人的本能使他想也没想就拦在了孟小凡身前。

"你想干什么？"丁邵峰低声而威严地说。

"给我滚开！"

寒冬说着，冲过去要拉孟小凡，丁邵峰呵斥着寒冬，让他放下刀，同时用身体把孟小凡挡在了后面。

寒冬眼睛都红了，只觉一股怒气冲上胸口。他恶狠狠地朝丁邵峰扑了过来，手里的匕首往前一送，捅进了丁邵峰的身体。

血，喷涌而出……

02

对于丁邵峰来说，这个夜晚本来应该是美好且充满希望的。

这个刚过不惑之年的男人原本有一份体面而稳定的工作，还有一位美丽能干的妻子和一个幸福的家庭。只是很多人不理解，看起来冷静理智的丁邵峰为什么放着大学老师那样的工作不干，在人到中年时毅然辞职，去广播电台做了一名节目主持人。

丁邵峰不喜欢解释。这个世界上不是所有人都能懂自己。

作为一名学识渊博的知识分子，他精通社会心理学，长期的讲台生涯又锻炼出了一副好口才，这些，都让丁邵峰渴望能有一片更广阔的天地来施展自己的才华。关于这些，妻子安露倒是很能理解自己，也正是这些年她把家务操持得井井有条，把他和女儿照顾得无微不至，丁邵峰才能随心所欲地做自己想做的事情啊！

这个夜晚，丁邵峰的心情很激动，因为由他策划主持的一档心理情感类节目《心路》，经过一段时间的筹备，终于要开播了。《心路》是一个情感倾诉的栏目，节目形式是嘉宾主持回答听众热线并点评，从而对广大听众的情感价值观进行引导。

不管从前期的调查反馈看，还是从节目整体架构的评测来讲，台里上上下下都对这个节目充满期待。丁邵峰自己也很有信心。在这个充满浮躁与不安的社会里，人们的婚姻与情感充斥着大量不安定因素，正需要他这样的人和节目来指引心路。所以毫无疑问，这个节目定能在社会上引起反响，而这些反响与肯定，对于他这个半路出家的节目主持人来说，是具有里程碑意义的！

丁邵峰从台里出来时，心里满是意气风发的干劲儿，他迫不及待地想要把这个消息告诉妻子安露，一发动车就拨通了安露的电话，以至于没有注意到从旁边跑过来的孟小凡……

等孟小凡冲过来时，丁邵峰已经倒在了血泊中，寒冬则不知去向。她还是第一次遇到这种情形，呆愣了几秒钟后，她颤抖着身体要把丁邵峰扶起来，可是丁邵峰太重，她没有成功。情急之下，孟小凡跑到马路上，正好有一辆出租车经过，出租车司机帮她一起把丁邵峰扶到了车里，车子很快开到了距离最近的新州市人民医院。

“医生，赶紧救救他吧，他是个好人，为了救我被人扎伤了……”一下车，孟小凡就朝医生护士哀求起来。

值班医生一番检查之后把受伤的丁邵峰紧急送往了手术室。一片慌乱之中孟小凡听见护士报了警，她六神无主，只好趁大家还没有注意到自己的时候，悄悄从医院溜走了。

接警赶来的警察安君从值班护士李佳煜那里得知送伤者是一个年轻的女孩，他正要找这个女孩了解情况，却发现她不见了。

安君顾不上寻找这个目击女孩的踪影，因为他吃惊地发现，手术室里抢救的那个人正是自己的姐夫——丁邵峰，安君的第一反应是先给姐姐安露打了一个电话。

安露从丈夫那个没有说完就挂断的电话开始，就已经在担心了，此刻接到弟弟的电话，说丈夫受伤，没想到担心的事情真的发生了，她拔腿就往医院赶去。

一路上，安露的大脑像一锅沸腾的水，她不知道丈夫的情况如何，会不会伤到要害……好在丈夫被送到了市人民医院，那正是她的工作单位，在自己熟悉的地方，好歹各方面都是方便的。

安露赶到医院，手术室的门正推开，同事王医生一边摘下口罩一边从里面走出来，安露上前一把抓住王医生的手，急切地问："怎么样？"

王医生看到安露，先是一怔，听安露说里面那个人是她的丈夫丁邵峰，点了点头。

"安大夫，我已经尽力……"

"啊！"安露只觉天旋地转，险些跌倒在地，王医生赶紧扶住她的胳膊，接着说："就这样，还是缝了 15 针！"

原来如此！安露和安君这才都松了一口气。

丁邵峰的情况也的确够危险了，寒冬那一刀正捅在他的大腿根部，差一点儿就到命根子了。所以尽管缝了 15 针，也算是不幸中的大幸了！

病房里，安露轻轻摸着丁邵峰的脑袋，眼泪忍不住扑簌簌落下来，一旁的安君鼻子一酸，走到走廊里去抽烟。

“邵峰，你快点儿醒啊……”安露边哭边说，看到丁邵峰还在昏迷，她心乱如麻。

“慢点儿，慢点儿老婆，你快把我摇坏了……”忽听怀里的丁邵峰幽幽地说。

啊，丈夫醒过来了，安露带着眼泪的脸庞露出笑容。

安君回到病房，安露这才想起还有另外一件重要的事情呢。

“邵峰，今晚到底是怎么回事？快跟安君讲讲，好让他赶紧抓到凶手！”安露恨恨地说。

“是啊姐夫，光听护士说你是见义勇为，可送你过来的那个姑娘却没影儿了，你看这好事做的……”

“姑娘，没影儿了？”丁邵峰费力地回忆着自己保护下来的姑娘，回忆着那张脸……

孟小凡从医院溜出来，跑了很久，才拦了一辆出租车回家。在路上，她脑海里还在回忆着刚才那恐怖的一幕。

在丁邵峰与寒冬纠缠的时候，孟小凡趁机逃到旁边一栋建筑物的暗影里，本来想等寒冬走了自己再出来向丁邵峰道谢，可当她看到寒冬的匕首刺进丁邵峰身体的瞬间，她被吓呆了。

寒冬刺倒了丁邵峰，还若无其事地叫了几声孟小凡的名字，孟小凡紧紧咬住牙齿，唯恐它们上下打战的声音让寒冬听到。把丁邵峰送到医院后，她本来并不想就这么走掉，但是院方报了警，这样一来事情就闹大了啊——她不是不想负责任，而是她实在负不起这个责任！

对于一个二十岁出头的女孩子来说，今晚的一切都已经超出了她精神的承受范围，她迫不及待想回家，到那个全世界唯一安全的地方让自己的神经镇定一下，何况，弟弟孟驰还一个人在家里，看她这么晚没回去，不知道会多担心呢。

孟小凡打开家门，屋里静悄悄的，她心下奇怪，正要叫孟驰，忽见沙发前面的地上似乎有什么东西，赶紧走过去，可不正是孟驰躺在那里！

“小驰，小驰……”孟小凡疯了一样扑在弟弟身上摇晃着，惊慌到了极点。

好在孟驰很快睁开了眼睛，看到惊慌失措的姐姐，安慰道："没事，我就是太累了，睡着了而已。"

孟驰说着，在孟小凡的搀扶下，缓缓爬起来，坐在沙发上。

孟小凡走进房间，疲惫至极地躺在床上，口袋里电话忽然响起来。孟小凡闭着眼睛喂了一声，里面传出来的声音却让她瞬间睁开了双眼。

"小凡，你在哪里？我想见你，我现在就去找你！"

是寒冬！寒冬在电话里叫着。

孟小凡烦躁而厌恶地挂断电话，并且按了关机键！这个男人心理一定有问题，为了纠缠自己都把人捅伤了，他竟然还若无其事！

想到被捅伤的丁邵峰，孟小凡更加不安了。她把手机放回口袋，手忽然触到了另外一样东西，她顿时想起来在出租车上的时候，丁邵峰的手机掉了出来，慌乱中自己顺手把他的手机塞进了口袋里。

孟小凡把那个手机掏出来，它像个烫手的山芋，静静地躺在茶几上。

怎么办？警察还在医院，刚才差点儿就被撞上，现在要是还回去，岂不是自投罗网？

这一夜，孟小凡在极度的疲惫与恐慌中睡下，又从噩梦中醒来，反反复复。

天色微明，孟小凡便起床了，她已经想出了一个办法，心里略微宽慰一些，她一边思索如何实施一边走到了窗前拉开窗帘。

拉到一半，孟小凡的手忽然停住，她看到马路对面有一个人抬着头，正在往自己的方向看。定睛望去，那可不正是寒冬嘛！

就是寒冬，此刻他直盯盯地看着孟小凡的窗户，一动不动。

孟小凡后退了几步，跌坐在床上。这个人疯了！从打电话开始，说不定已经站了一夜！

楼下的寒冬看到孟小凡的窗帘拉开了，知道她已经起床，准备上楼找她，抬脚间又想起些什么，扭头走进了身后不远处的一家小店。

窗帘后面的孟小凡看到寒冬走开，马上跑出了家门。

03

寒冬捧着一束花重新站在孟小凡家门口，他对这次守株待兔的结果充满了希望。可他万万没有想到，开门的孟驰竟然说姐姐已经出门了，不知道去了哪里。这怎么可能？他一直守在小区的出口，没有看到孟小凡的影子啊。寒冬把花丢到一旁，在房间各处搜索着孟小凡，当然，他一无所获。

孟驰在客厅里默默地做泥塑，他看到失望地靠在门边的寒冬，心里也很同情他，两人有一搭没一搭地交谈着。这个苍白虚弱的男孩子与寒冬并不陌生，只是他无法传递给寒冬想要的温暖。

孟驰的话很少，大部分时间都是寒冬在说。寒冬说的全部是他如何如何爱孟小凡，而孟小凡又是如何不理解他的深情。他不是第一次找孟驰倾诉自己的苦恼了，虽然不确定孟驰此时是否听懂了自己的痛苦，但眼见他停下了刻刀，看着那个雕塑若有所思起来。

寒冬说累了，又自己愣怔了一阵，便向孟驰告辞。

“告诉你姐姐，我想通了，我就是，想找她最后谈谈，嗯，好好谈谈，叫她去找我一趟，记得告诉她！”寒冬说完，疲惫地走了。

这个时候，孟小凡正在医院。她已经来了好大一会儿，也打听出了丁邵峰的病房位置，可是她就是不敢走过去。

就在孟小凡犹豫着要不要走进去的时候，一个秀丽干练的中年女子，牵着一个小女孩朝这边走过来。

“安露姐，来看姐夫啊。”一个护士打招呼说。孟小凡这才注意到那个中年女人正站在丁邵峰的病房外，下意识又躲回了走廊拐角。

“丁芋，叫阿姨。”安露晃晃女儿的小手，想让她跟护士李佳煜打招呼，但丁芋似乎很不配合，嘴唇紧紧闭着。

安露抱歉地笑笑，李佳煜并不在意，伸手牵过丁芋，把她带到旁边玩去了。

安露走进病房，丁邵峰正在沉思，看见她，便没头没脑地抛出一个问题来。

“你说，这世界上真有长得一模一样的人吗？”

安露笑笑，想到丈夫素日忙碌惯了，身体闲下来，脑子却还不消停，便回答说：“当然有啊，双胞胎不是嘛。”

“不不不，我是说两个不同年龄，也没有血缘关系的人，会长得一模一样吗？”丁邵峰继续追问。

“那我就不清楚了。”安露走过去，把丁邵峰的床摇了起来，“说正经的，你们台那个张主任又打电话了，问你的伤还需要养多久。他们也真是的，人都躺在病床上了，还惦记着节目要开播的事情。”

丁邵峰看到老婆一脸的不快，安慰道：“老张那人已经够意思了，为咱女儿找老师的事情一直在操心……你也知道这个节目前前后后筹备了多久，眼看开播在即，偏又出了这个岔子，搁谁谁不着急啊？”

“我告诉他让他再等一周吧，反正已经等了那么久了，不在乎这几天。”安露依旧板着脸，但心里却寻思，给女儿找音乐家教的事情，得抓紧时间了。

“我说，张主任有新人选了吗？”安露问。

“什么？”丁邵峰不明白，安露拍了他一下，“就你刚才说的，给丁芋找老师的事情啊。”

一听是这个事情，丁邵峰叹了口气。女儿丁芋三岁之前都跟着姥姥，个性有些孤僻，安露找医生看了下，说她有点儿自闭，建议多接触音乐，可以促进孩子大脑开发，使其更快融入社会。

虽然同是医生，安露却把这位大夫的话奉若圣旨。钢琴提琴各种琴，但凡能学的，都让丁芋去学，只是丁芋似乎丝毫不领情，安露花大价钱给她请的音乐家教，都已经被她气跑六七位了。

安露对女儿的期望与教育，丁邵峰并不认同。觉得孩子既然不喜欢钢琴，那就不要勉强她，至于学音乐对于大脑的开发，也是因人而异的。所以每每在安露抱怨女儿不配合的时候，丁邵峰都会把自己的观念拎出来说说，但安露最近为自己受伤的事儿已经够担惊受怕了，这个时候，还是不要再给她增加负担为好。

于是在安露再一次提到给丁芋找一位音乐家教的时候，丁邵峰索性闭口不言了。

安露看丈夫不说话，以为他累了，后悔自己话太多，正要离开让他休息会儿，忽然见弟弟安君走了进来。

“姐夫，手机还没找到？”安君问。

“没有，我猜可能是丢在受伤的地方了。”回忆起当时混乱的场面，丁邵峰一阵头晕。

安露又是一阵担忧。她总觉得丈夫被刺伤这事儿蹊跷，要说见义勇为吧，可那被救的人怎么连个影儿都没了呢，而且现在丈夫的手机也不见了，该不是——他被什么人盯上了吧。

“哎，你说这事儿不会是有人要害你姐夫吧？”安露在送安君出门时，悄悄问。

安君笑了：“姐，你就别胡思乱想了，姐夫就是个文弱书生，也就在你眼里是个宝，人家害他干吗？”

安露回到丈夫身边坐下，这时病房门口探进一个小脑袋，丁邵峰一眼便认出那是女儿丁芋，开心地赶紧招呼着她进来。

丁芋跑进病房，依旧一声不吭，但是安露和丁邵峰都看到了她手上拿着一束花，而就在花束的下方，捆扎着丁邵峰的手机。

“丁芋，谁给你的花？”安露急忙问。

“阿姨。”丁芋指了指外面。安露赶忙跑了出去，但哪里还有人影。

丁邵峰解开手机，一阵蜂鸣振动，屏幕上出现了三个字：对不起！

丁邵峰盯着屏幕，仿佛又看到了孟小凡的脸庞，不，那不是孟小凡，那分明是另外一个女人……她们两个，怎么有着如此相像的容貌？这太不可思议了！

丁邵峰闭上眼睛，仿佛又听到了那个与孟小凡一模一样的女孩发出的颤抖的声音："邵峰，你听我解释，事情不是你想的那样……"

"我不听，我什么都看到了，你不要跟我解释！我们之间，完了！完了！你听到没有？"

那时的他，就是用如此暴躁的回答，给了那女孩——也是自己的初恋——致命的伤害。

过去的事情在脑海中一幕幕上映，对于丁邵峰来说，孟小凡的出现虽然带给了他莫名的一刀，但在内心引起的震动，却比外在的刀伤要严重许多许多倍！

那些过去的感情，那些已经告别的人啊……

04

过了些日子，丁邵峰已经可以出院了，但刺伤他的凶手却还没抓到。一方面因为丁邵峰没有办法回忆起当时刺伤自己的那个人的相貌，另一方面，被救者一直不现身，无从提供真正有用的线索。

安君倒是在出事现场寻访勘察过，除了一个咖啡屋老板给他印象比较古怪之外，也没有发现什么可疑情况。据安君说，那个咖啡屋并没有营业，老板阴沉着脸在屋中画画，无论问他什么，此人一概回答不知道。

丁邵峰回到台里，《心路》节目即刻开播。果然不出所料，节目在这座城市引起了巨大反响。在节目播出的夜晚，你随处拦一辆出租车，便会听到丁邵峰那低沉温柔的声音，与夜色融为了一体。

痴男怨女的迷津得到了指点，困惑得到了解答，越来越多的人知道了《心路》这个节目，节目的收听率节节攀升，丁邵峰的知名度也随之高涨，妻子安露自然非常骄傲，渐渐地，她也就不再像以前那么纠结丁邵峰被刺伤的事情了。

但是丁邵峰却忘不了这件事，准确地说，他忘不了那个自己救下的女孩。但这个女孩除了那条短短的信息，便再无踪迹了。她到底是什么人？现在又在哪里？她，会听到自己在广播里的声音吗？

在节目开播的第一个晚上，为了宣传也为了解释原定播出时间推迟的原因，女搭档张帆很巧妙地问起了丁邵峰受伤的事情，丁邵峰简单介绍了下情况后，张帆问起他有没有什么话想对这个被救却不露面的女孩说，他情不自禁地说："如果她能听到这个节目，我希望能再见她一面……"

丁邵峰没有想到，这个叫孟小凡的姑娘此时在出租车上听到了丁邵峰的话，但是她却没有要和丁邵峰见面的意思。她也知道这样悄无声息地溜走，对于那个为自己挡了一刀的男人不公平，但是这个单纯而柔弱的姑娘实在没有别的选择。寒冬的纠缠已经让她如一头惊惶的小兽，如果再被牵扯进寒冬刺伤丁邵峰的事情中，那么她将更无宁日。重要的是，她弟弟孟驰的病情也一定会因此受到影响。

手机已经还给丁邵峰了，自己发的道歉短信他也一定看到了，可自己的难处他永远不会知道啊。

孟小凡想到这儿，不由得停下做家务的手，叹了一口气。此时，旁边传来了"啪啦"一声响，她注意到，是孟驰正在摆弄的泥塑掉在了地上。

孟小凡走过去把泥塑捡了起来，她忽然发现弟弟紧紧盯着自己。

"怎么了？"孟小凡奇怪地问。

"姐，你不去寒冬哥那里表演了？"孟驰问。

"我们乐队又找了几家场子，跑不过来。"孟小凡有点儿心烦意乱地走到一边，不看孟驰。

“姐，你是不是不喜欢寒冬哥了？”孟驰却不依不饶，提高声音问。

“我什么时候喜欢过他啊？”孟小凡忍不住叫起来。这个寒冬，到底跟弟弟说了些什么呀？

孟驰紧紧咬住嘴唇，一言不发，孟小凡觉得自己有些失态了，走过去，柔声说：“去哪儿演出也不是姐说了算，你还小，姐的事情，你别管了，啊！”

孟驰没有说话，孟小凡还想再说点儿什么，电话响了，是乐队的周鹏催她出门，他们今晚要去电视台给一个访谈节目伴奏，这是乐队新接的活儿。

匆匆交代了孟驰几句，孟小凡背着乐器出了门。手机又响了，寒冬发来短信，依旧纠缠着要见孟小凡一面，因为孟小凡不接他的电话，他只好一遍遍发信息。

孟小凡坐在那里演奏，心里却一直在想这些乱七八糟的事情，甚至都没怎么注意访谈的嘉宾是胖是瘦是高是矮。可当回过神的她听到一个熟悉的声音时，她猛地抬起头，意外看到嘉宾席上坐的竟是丁邵峰。

丁邵峰也是临时接到电视台采访的通知，自从他的《心路》在这个新州市大火之后，他也成了名人。张主任趁机安排了电视台的专访，为节目造势，也为他做更大范围的宣传。丁邵峰自然推不掉，也就来了。

电视台炫目的灯光与即兴配合的音乐让丁邵峰一开始还有些不适，但他很快进入了角色，放松下来。

“……从一名大学教师，到节目主持人，其实只是一种职业的转换而已，发挥不同的长处。相对来讲，我觉得现在的工作对我而言更有意义。”

面对主持人的各种提问，他侃侃而谈，眼光也自然地扫视着四周。

忽然，丁邵峰的声音停顿了一下，他也看见了一旁乐队中那个抱着吉他的孟小凡，两人目光相接，孟小凡尴尬地转过头。丁邵峰咳嗽了一声，收回思绪，但是接下来，他怎么也无法集中精神了。

在一种近似煎熬的过程中，孟小凡终于等到了节目录制完毕，她第一个离开了演播厅，躲进洗手间，洗了把脸，稳定了下心绪，然后才走出来，准备从后门悄悄溜走。

孟小凡脚步匆匆，眼看就到了门口，肩膀上被人拍了一下。她一回头，竟然是丁邵峰，丁邵峰面无表情地看着她，说："你还记得我吗？"

在通往电视台地下停车场的路上，孟小凡默不作声地跟在丁邵峰后面朝他的车走去。

丁邵峰希望孟小凡去派出所做笔录，孟小凡没有理由拒绝，只是紧紧闭着嘴，一言不发。丁邵峰觉得奇怪，他再次仔细端详这熟悉的容颜，问："你叫什么名字？"

"孟小凡。"

"多大了？"

"二十三岁。"孟小凡坦白地说。

"啊，真的？"丁邵峰一愣。

孟小凡认真地点了点头。

一种五味杂陈的感情在胸中涌动，丁邵峰示意孟小凡坐上自己的车，他要带孟小凡去派出所做笔录。

车子发动，丁邵峰将车开出电视台，往派出所的方向驶去。孟小凡一直沉默着，好像这世界的一切都与自己无关，那种淡漠，令丁邵峰的心忽然有些微微的痛。

"能告诉我那天是怎么回事儿吗？"

孟小凡迟疑了一下，丁邵峰的声音很温和，带着关切，能感觉得到那种关切来自对方的内心，迟疑了一下，孟小凡便把与寒冬的纠葛原原本本地讲了出来。

讲到寒冬的疯狂，孟小凡眼里泛出泪光，丁邵峰在心里叹了口气。

车子到了派出所门口，却没有停下，丁邵峰开了过去后，问孟小凡家的地址。孟小凡看着渐渐远去的派出所大门，心里暗暗松了一口气。

小区外的街道上，丁邵峰停了车，孟小凡道谢下车，却见丁邵峰还在愣愣地看着自己，不由得警觉起来。

丁邵峰知道自己失态，尴尬地笑："你，很像我以前的一个朋友，特别像。"

“真的吗？”孟小凡的警惕变成了好奇。

丁邵峰重重地点了点头，孟小凡觉得有些不可思议。

丁邵峰的车子开出好远，孟小凡还呆呆地站在原地，她不知道，不远处，一双阴沉的眼睛正盯着自己。

寒冬一直盯着孟小凡回到家，房间里亮起了灯，才骑着自己那辆摩托车回到了咖啡屋。他的脑海里不断闪现刚才那辆送孟小凡回家的车，还有车上那个文质彬彬的男人。一到房间，便铺开画布，把那辆车的车牌号与车子画在了上面。

画完之后，寒冬站在画布前面，久久地盯着那几个数字，脸色阴郁得像暴风雨即将到来的天空。

第二章 / 错爱

昏　迷　不　醒

“我已经做好准备了，如果我得不到你，别人也甭想。咱们一起走，离开这个喧闹的世界，到天堂去，去过我们的幸福生活……”

01

“打开心扉，敞开心怀，这里是《心路》，我是您的老朋友张帆，我身旁坐着的依旧是大家非常喜欢的丁邵峰丁教授。”

“大家好，我是丁邵峰……”

孟小凡刚一上车，便听到了《心路》节目的开场白。不知道怎么回事，自从与丁邵峰见了面，孟小凡就不断想起这个男人。加之这个节目的收听率高，直播重播，车上或者路途中常常都听到他的声音。丁邵峰的博学与涵养，还有时不时表现出来的幽默，常常令她沉浸在一种莫名的温暖中。

与其他听众不同，听丁邵峰节目的时候，孟小凡脑海里总会同时出现他的身影，还有他说过的话。他说他曾经的朋友和自己长得很像，这是一个男人的搭讪借口，还是真的——有这么巧？孟小凡认为应该是后者，像丁邵峰这样一个成熟稳重的男人，不会用那么拙劣的借口吧。

孟小凡出神地回忆着，口袋里的手机响了起来，又是寒冬，她毫不犹豫地挂断了电话。这个寒冬简直是邪门了，就在上次丁邵峰送自己回家之后，他竟然打电话说看到自己和一个男人在一起，问那个男人到底是谁，是不是两人早就有关系。

看来寒冬已经不但不觉得自己刺伤丁邵峰有错，竟然还偏执地认为丁邵峰与自己本来就认识。更重要的是，寒冬一直在跟踪自己！想到此，孟小凡不寒而栗。

回到家，孟小凡意外地看到寒冬竟然就在自己家里，正在跟孟驰说话。见她进门，寒冬热情地招呼着她，俨然一副主人的姿态。孟小凡只抬了抬眼皮，勉强点点头，走进了自己房间，对寒冬的尴尬视而不见。

“小驰，我想把咖啡屋转让了，去广州。”寒冬咬了咬牙说道。这话虽是对孟驰说的，但事实上是想让孟小凡听到。

“为什么呀？咖啡屋不是开得好好的吗？”孟驰不解地问。

“唉！”寒冬长长地叹了一口气，这个整天在家摆弄雕刻刀不谙世事的年轻人怎么会知道，自己爱孟小凡都爱疯了，可人家就是无动于衷，他实在没有办法留在这个地方，日日看着她，却不能把她拥在怀中，这种感觉太煎熬了。

孟小凡也听到了寒冬的话，寒冬要走要留她没有兴趣，但她忽然想起了一件事，自己的一把吉他还放在梦凡咖啡屋，自从那个吓人的夜晚之后她再没有去过那里，也没有机会去取，但这是父亲留给自己的一把古典吉他，她必须在寒冬走之前给拿回来。

“我这几天去你那里把吉他拿回来。”孟小凡走出房间，面无表情地告诉寒冬，还没等寒冬说话，便又转身回屋。

第二天，孟小凡来到电台门口。刚站定，便看见丁邵峰从里面走出来，四周还围着一些年轻的女孩子，七嘴八舌地跟丁邵峰交流，听话语都是《心路》的热心听众。因为丁邵峰在节目里讲得太好，都讲到了她们心里，激动不已的她们作为粉丝，一定要跟偶像来个面对面交流才罢休。

面对粉丝们的热情与记者发布会般的问题，丁邵峰一律报以微笑，并不作答。不远处的孟小凡好不容易瞅了个空，朝丁邵峰摆着手叫了一声：“丁老师！”

丁邵峰抬眼，看到一位身穿休闲服，扎着马尾，素面朝天的女孩子，还以为是个大学生听众，再仔细一瞧，才发现是孟小凡，便分开众人走了过来。

“是你啊，有事吗？”丁邵峰问。

孟小凡把丁邵峰拉到一旁，在一辆车子的掩护下，她从包里拿出了一个信封。

“丁老师，上次的事情都是因为我，害您受了伤……这是6000块钱，我知道这不能弥补对您造成的伤害，我只是想表达一下自己的愧疚……”孟小凡一边快速地说话一边把信封往丁邵峰手里塞。

丁邵峰摆手不接。他告诉孟小凡，自己找她，只是想为挨的那一刀讨个说法，真没有让她赔偿的意思，所以这钱他不能要。

孟小凡很为难：“丁老师，这钱您必须得收下，我知道这钱并不能换来您的谅解，但如果您能原谅我，让我做什么都可以的。”

女孩的善良与认真让丁邵峰更加觉得这钱不能要，与之前比起来，反而孟小凡更需要帮助呢。

“那个人……还纠缠你吗？”丁邵峰关切地问。

“嗯，不过我会处理好的。”孟小凡咬着嘴唇。丁邵峰点点头，这种事情，当断则断，否则真是会招来更多的麻烦，眼前的这个姑娘还年轻，可不能在这种事情上吃了亏。

孟小凡执意要给丁邵峰钱，丁邵峰又执意不要，两人推攘着，引得旁人往这边看，孟小凡觉得很不好意思，决定请丁邵峰吃顿饭补偿一下，丁邵峰笑道：“还是我请你吧！”

两人于是来到了丁邵峰经常光顾的一家菜馆，这是家装潢精美的馆子，孟小凡很少来这种地方，她不安地扫了一眼酒水单，暗自咂舌。

丁邵峰熟练地点了几个菜，侍者走后，两人相对而坐，气氛一时有些尴尬。孟小凡忙说：“丁老师，您的节目我每期都听了，您在那上面讲得真好！”

“是吗？”

“是啊，您说的许多问题，那些恋爱啊婚姻啊的事情，我以前都没想过，听您那么一讲，可长见识了。”

“你还是个小女孩，还没到该想这些的时候呢。”丁邵峰呵呵一笑。

孟小凡不乐意了，“我才不是小女孩呢，我也有情感上的烦恼啊！”

“那说来听听啊。”丁邵峰做出一副洗耳恭听的样子。

孟小凡反而笑了，她摆摆手，丁邵峰上班时的工作是要谈感情，下班了，就不要再谈跟工作相关的话题了。她更好奇的是，像丁邵峰这样一个博学多才又善解人意的男人，外形还这么帅气儒雅，他背后的女人一定也很出色吧？

对于孟小凡的好奇，丁邵峰用一个神秘的微笑回答了她。孟小凡羡慕地看着这个幸福的男人，更羡慕他背后那个幸福的女人，而幸福，似乎离自己还很远很远。

孟小凡在怅然中抬起头，发现丁邵峰并未吃东西，而是愣愣地看着自己，她有些慌乱，咳嗽了一声。

丁邵峰回过神，有点儿尴尬地笑笑，解释说：“上次我提过你跟我以前的……女友很像是不是，真的是很像……”

孟小凡的好奇心又被挑了起来，“真的这么巧吗？”

丁邵峰长长叹了一口气，凝重地点点头，又出起神来。孟小凡低下头，大口地吃菜，心里却激动不已。

丁邵峰回到家里，安露正在为刚刚又走掉了一位音乐家教犯愁，一看到丁邵峰便抱怨：“丁艼现在太不配合了，别说弹琴了，看见老师连句话都不说，长此以往，可怎么办好？”

“我还是那句话，顺其自然。”丁邵峰安慰妻子，还是拿出自己一贯坚持的意见，安露刚要说什么，安君打来了电话。

还是为丁邵峰被扎伤的案子。经过一段时间的调查，安君怀疑梦凡咖啡屋的店主寒冬跟这件事有关，他问丁邵峰是否愿意去见一下寒冬。

“算了吧，你看我现在也没事了，就别节外生枝了。”丁邵峰的伤已经好利索了，而且牵涉到孟小凡的事情，他觉得不如大事化小，小事化了，免得再连累那个单纯的姑娘。

“怎么就算了？”

丁邵峰的话让安君很意外。可丁邵峰执意说安君他们已经跟着操劳不少了，那天本来就是个意外。再说事情已经过去了，多一事不如少一事。

安君虽觉得这样做不妥，但他尊重姐夫的意思，最后还是勉强同意了。丁邵峰舒了一口气：如果自己受伤的事情能给寒冬一个教训，使其不再纠缠孟小凡，那这刀就算没白挨。

想到孟小凡，丁邵峰又有点儿怅然，孟小凡的脸跟初恋女友的脸叠化在一起，他分不清楚自己想的到底是谁。

时光荏苒，往事悠悠，一转眼，已经十年了。丁邵峰想到此，不觉幽幽叹了一口气。

“怎么？安君找你有事？”安露忽然在一旁问。

“哦，没什么，今天有点儿累了。”丁邵峰说着，走进了浴室。

02

“姐，寒冬哥要去广州了，你不知道他是为什么走吗？”孟驰问姐姐。

“腿在他身上长着，要走要留跟我有什么关系？！”孟小凡不耐烦地回答。

孟小凡难得有一晚在家休息，可是姐弟俩又为寒冬发生了争执。孟驰十分清楚寒冬是为了什么要离开新州到广州去，姐弟俩在这个城市无依无靠，唯有寒冬经常照顾他们，可姐姐怎么就不理解寒冬哥的一片深情呢？现在寒冬走了，自己身体又是这个样子，以后再有事情，让姐姐找谁去！

可不管孟驰怎么细数寒冬的好处，孟小凡都是一副不为所动的样子，在听到孟驰说，寒冬走了，以后还有哪个男人会对你这么好时，孟小凡脑海里忽然出现了丁邵峰的样子。她有些心虚，好在孟驰并未注意到她的异样。

“你到底是怎么想的？姐！”孟驰加重了语气，孟小凡起身朝门口走去。

“这么晚了，你到哪里去？”孟驰慌了。

孟小凡转头回答：“我去咖啡屋。”

孟驰脸上露出了笑容，他不知道，姐姐去咖啡屋并不是因为他刚刚那一番话，而是被他的话提醒，要赶在寒冬去广州前把吉他拿回来。

来到咖啡屋前，门掩着，里面依旧灯火通明，却没有一点儿声音。

“寒冬。”孟小凡推门的同时喊道，她已经打过电话，寒冬答应在这里等她的，但是没有人。

孟小凡四下寻找，没有她的吉他也没有看到寒冬，她匆匆走到了一扇门前，这是寒冬的“密室”，以前从不允许别人进入的，现在她不管不顾地开始砸门，寒冬一定在里面。

砸了几下之后，门猝不及防被打开了，寒冬站在门口，直勾勾地盯着她。

“我的吉他呢？”孟小凡说着，走进去寻找，屋子里没开灯，她四下寻找开关。

“小凡，求求你，还在这里弹吧，我保证不再打扰你了，只要让我每天看到你就够了，真的，我只有这一个要求……”

孟小凡没理他，她刚找到开关，高倍数的光源令屋子瞬间亮如白昼。孟小凡眨巴了几下眼睛才适应光线，却又被屋内的景象惊呆了。

这个房间不大，只摆着一些电脑设备，但是四周墙上除了一面被黑布蒙上外，其余地方都挂满了孟小凡大大小小的照片。近景、远景、特写……孟小凡根本不记得自己什么时候拍过这些。等她看到电脑屏幕时，她明白了，这个电脑连接的竟然是一台监控设备，画面显示的摄像头位置，正是孟小凡平日演出时所坐的那个角落。

像是有只手在胃里搅动，孟小凡感到一阵翻江倒海的恶心。这个男人，简直是变态!

孟小凡转身往门外走，寒冬急速闪到她的面前，挡住了去路。

“你要干什么？你怎么这么变态？”孟小凡压低了声音，掩盖不住愤怒。

“我变态？哈哈……”寒冬笑起来，笑得很诡异，“我不过是因为爱你，我爱你有错吗？有错吗？”他不断地发问，逼近孟小凡的同时，顺手从桌子上抓起一支削尖的铅笔，冲着孟小凡挥舞。孟小凡惊恐地叫了起来。不料寒冬却是把笔尖对准了他自己的脖子，冷峻地看着她。

“小凡，你根本不了解我，事到如今你还是不了解我，我不怪你，我只求你给我十分钟，十分钟，行不行？你要是走，我立刻把笔尖插进动脉去，我说到做到……”

“好好好，我给你时间，你先放下笔，好吗？”孟小凡惊慌失措，几乎要哭出来了。寒冬慢慢放下铅笔，脸上露出一丝苦涩的微笑，他知道自己只有用这种方法，才能让心爱的人待在这里。

可是寒冬不知道，要用哪种方法，才能让孟小凡接受自己的感情。

对于女人，寒冬一直怀着一种复杂的感情，因为他的母亲打小就离开了他的父亲，是父亲一个人拉扯他和哥哥长大。自记事起，寒冬就被教育，女人是祸水，女人不可信。可是命运却偏偏让他遇见了孟小凡，而且自打见了面，就不可救药地爱上了她。但孟小凡呢，似乎生就了一副铁石心肠，无论自己怎么对她好，怎么表白，就是不肯接受自己。如果说以前关于女人的可怕只是父亲灌输给自己的观念，那么现在他是切切实实地感受到了。

“你觉得我变态，可是你知道吗？你一再拒绝我，那些拒绝像刀子一样，扎得我的心生疼生疼的，我得不到你，只有偷偷看着你，看着你的一举一动、一颦一笑，就是我最大的满足了。”寒冬说着，忽然走到那面蒙着的墙边，一把扯下了黑布。

孟小凡吃惊地看到，这面墙上也是她，只是这些她都在画布上，是寒冬一笔一笔画出来的。与照片不同，画布上的孟小凡是黑白色的，但是孟小凡注意到，在这些黑白的眉眼中，一抹鲜红的唇格外诡异。还没等孟小凡反应过来，她又看到了更加不可思议的一幅画。在这幅画上，孟小凡一丝不挂，看样子是在洗澡，但是旁边，却有一双眼睛正盯着裸体的她。

孟小凡浑身发抖，只见寒冬已经走到这幅画前，拿起一把小铅笔刀，在自己的胳膊上划了一道，鲜血涌了出来，但他连眉头都没皱一下，用画笔蘸着血，认真地描起画布上孟小凡的嘴唇。

“这是我送给你的一份爱的礼物，我一直在努力完成它。”寒冬声音很平静，仿佛做的是再平常不过的一件事。

“你是个疯子！”

孟小凡扭头冲出房间时，看到门后自己的那把吉他，她一个箭步冲过去拿起来，却被寒冬堵在了门口。

“小凡，我还差一幅画没画好，因为我画不好你的眼神，你含情脉脉地看着我的那种眼神。小凡，求你看着我，看着我好吗？”

“你滚开！”孟小凡厌恶地看着这个疯狂的男人。

寒冬猛地从口袋里掏出了一个打火机，打着了火。他依旧平静地看着孟小凡说：“我已经做好准备了，如果我得不到你，别人也甭想。咱们一起走，离开这个喧闹的世界，到天堂去，去过我们的幸福生活……”

寒冬说着，激动起来，他用手抓住了孟小凡的胳膊，拼命地摇着。打火机掉到了地上，立刻引燃了帘幕，接着墙上的画布也跟着烧了起来，“噼里啪啦”的声响惊醒了孟小凡，惊恐之下的孟小凡摸到了桌子上那把还沾着寒冬鲜血的小刀，不顾一切地刺了过去，寒冬一疼，松开了手，孟小凡趁机跑出了咖啡屋。

孟小凡抱着吉他在巷子里狂奔，她听到了寒冬的声音，寒冬就在后面，紧追不舍。孟小凡跑得更快了，险些跟一辆自行车撞到一起。

跑到大马路上时，孟小凡再也跑不动了，灯火通明的街道并未带给她多一些的安全感，如果丁邵峰能像上一次那样救下自己该多好，她来不及多想，立刻拨通了他的电话。

03

丁邵峰刚下了节目，与张主任说笑着走出大楼，安露的电话打了过来，丁芓发烧，她先带着去医院了，让丁邵峰赶紧过去。

丁邵峰匆忙跟张主任告了别，开车往医院方向去，正走到半路，接到了孟小凡的电话。

“他……他疯了，他要跟我同归于尽……”孟小凡的声音抖得像一片暴风雨中的叶子。

丁邵峰大惊失色，他调转车头，朝孟小凡所处之地驶去。

途中，安露的电话又打了过来，丁邵峰撒了个谎，说自己以前的学生突然急病给自己打了电话，他得去照应下，叫安露先找安君帮忙。

挂了电话，丁邵峰歉疚的感觉还没消失，远远地便看到孟小凡坐在一家超市的台阶上，抱紧双臂，惊恐地四下张望。

“孟小凡……”丁邵峰下车叫道。

孟小凡忽然疯了似的大叫：“你别过来，别过来！”

这个可怜的女孩真是吓坏了，丁邵峰走过来柔声道：“是我，小凡，我是丁邵峰。”

孟小凡这才发现来人是丁邵峰，她像看到了救星一样死死抓住了丁邵峰的胳膊，唯恐他走掉不管自己。

“我不走，但咱们也不能待在这里，走吧，上车，我送你回家。”丁邵峰劝解着，把浑身瘫软的孟小凡往车上搀去。

这一幕，恰巧落在骑着摩托车找来的寒冬眼里，他的眼睛几乎要喷出火来，脚下一踩油门，摩托车吼叫着朝丁邵峰的车撞去。

“快快快！他来了！”孟小凡从后视镜里看到了寒冬，惊恐地大叫，丁邵峰已经发动了车子，很快驶入车流中。

寒冬咬牙切齿地跟在后面，摩托车紧紧咬住丁邵峰的车尾，越来越近了，孟小凡的牙齿都在打战，可偏偏眼前变了黄灯，丁邵峰下意识减慢车速。

“不要！”孟小凡焦灼而恐惧地喊。

丁邵峰一狠心，冲了过去，黄灯刹那变成红灯，寒冬被挡在了马路的那一侧，孟小凡长长地吁出一口气，瘫倒在座椅上。

但很快，孟小凡又看到了寒冬的身影，她再度催促丁邵峰加快车速，经过几个左拐右拐，后视镜上的寒冬终于消失了。

丁邵峰的车子慢慢停了下来，他不知道此时是否应该送孟小凡回家，于是征求她的意见，但孟小凡只是一个劲儿地摇头。

丁邵峰重新发动车子，他要带孟小凡去一个地方，一个在他心里永远有着特殊地位的地方。这只是一个下意识的决定，那时的丁邵峰压根儿不会想到，这个下意识的决定，将他的人生整个儿扳到了另外一个轨道上。

再说紧紧跟着丁邵峰与孟小凡的寒冬，就在刚过了那个红灯的转弯处，他只顾盯着前面的车子，被一辆疾驰而来的大卡车带倒在地，车子的后轮从寒冬身上碾扎过去，大卡车的司机却浑然不知，继续风驰电掣地往前开。

寒冬倒在了血泊中，他的眼睛还死死盯着孟小凡坐的那辆车消失的转弯处。即使在生命的最后一刻，他心里仍然记挂着孟小凡。他依旧不解，为什么自己如此深情却只能换来孟小凡的厌恶与恐惧呢？

而这一切，丁邵峰与孟小凡并不知道，他们正在庆幸终于摆脱了穷追不舍的寒冬，此时丁邵峰口袋里的手机发出了蜂鸣般的声音。

是安露打过来的，丁邵峰有些心慌，手机像个烧红的铁块似的在口袋里振动，他就是不敢伸手去碰。

电话铃声终于停止了，丁邵峰看了一眼身边的女孩子，孟小凡依旧沉浸在巨大的恐惧中，而他的目的地也已经到了。

在一个半旧的小区里，丁邵峰引着孟小凡走进其中的一栋楼，打开了房门。这是一套布置得很雅致的小屋，光线很柔和，关上门，所有的喧嚣都隔在了外面。孟小凡的恐惧也暂时得到了缓解，她的身体不再发抖了。

丁邵峰把孟小凡暂时安置在自己另外的一所房子里，这房子以前是他初恋女友居住的，女友意外离世之后，他便把这个房子买了下来。尽管它是空的，但盛满了爱的回忆，它是丁邵峰的初恋小屋，是他心灵的一处纯净之地。

丁邵峰坐在沙发上，看着孟小凡走动的身影，他好几次都以为时间倒流，他和那个与孟小凡容貌相似的女孩秋伊宁，正甜蜜地生活着。

由于受到连续的惊吓，孟小凡非常疲惫，在丁邵峰温柔的关照中，渐渐进入了梦乡。尽管梦里依旧不时闪现出寒冬那张阴晴不定的脸与挥舞的小刀，但好在睁开眼的时候，总能看到丁邵峰关切温柔的目光。

孟小凡再醒来的时候，已经天光大亮。丁邵峰却不见了，她四处寻找，才知道自己睡着后，丁邵峰已经离开了。

一种说不清道不明的滋味在孟小凡的胸中涌动，她在房子中来来回回走了许久，想离开，又觉得有一些什么东西拉扯着心和身体。

孟小凡终于走出了那间充满了温馨的屋子，刚走到楼下，就听到包里传来的电话铃声。她的第一反应是寒冬，一颗充满了期待与甜蜜的心被立刻拽回到残酷的现实中，待看到是一个陌生的固定电话号码，才稍微放松下来。

“请问是孟小凡吗？”电话那头的声音非常客气。

“我是，您哪位？”

“你认识寒冬吗？”

听到对方这么问，孟小凡不由得一愣，一种不祥的预感升腾了起来。

“认识，他……他怎么了？”孟小凡小心翼翼地问。

“我是新州市公安局的，我姓安，你能来一趟吗？”

孟小凡拦了一辆出租车，很快赶到了新州市公安局，接待她的，是安君。

安君告诉孟小凡，昨天午夜时分，寒冬骑摩托车出了车祸，当场身亡。

孟小凡眼前一黑，从他发生车祸的地点看，正是在他跟踪自己和丁邵峰的路途中……孟小凡紧紧咬住下唇，不敢想下去了。

“我们从他的电话记录里看到他车祸前最后一个电话是打给你的，请问你们是什么关系？”安君问。

“他……他是我以前打工的咖啡屋的老板，昨天我要去他那里拿我的吉他，所以事先跟他说一声。”孟小凡轻轻地回答。

“那他出车祸的时间，你在哪里？”

孟小凡迟疑了一下，回答：“我在一辆车里。”

按程序做完了笔录，孟小凡回到家里，她意外地发现弟弟孟驰并不在家，他的泥塑作品做了一半摆在那里，工具七零八落。

孟小凡慌了，她冲出家门，在这个没有其他亲人的城市里，四处寻找弟弟。

04

夜色降临，路人行色匆匆，孟驰在人行道的阴影里，跌跌撞撞地往前走。

今天是个黑暗的日子，孟驰一向视为大哥的寒冬车祸身亡。寒冬是孟驰姐弟在这个城市里唯一亲近的人，他照顾他们，关怀他们，有了寒冬，孟驰即使身患重病，也觉得心里是有依靠的。他当然知道寒冬是因为爱孟小凡才对他们好，但这也没什么错啊，寒冬大哥那么细心那么深情，姐姐跟了他，也一定会幸福的。

在孟驰简单而狭窄的世界里，他已经很依赖寒冬了，但他万万没有想到，自己亲爱的寒冬大哥竟然如此毫无预兆地离开了人世。一定是姐姐的拒绝伤害了他！他心里怨恨姐姐，尽管孟小凡一遍遍拨打他的电话，他就是固执地不肯接。

孟驰去火葬场领了寒冬的骨灰，在一个偏远的墓地埋葬了他。寒冬墓前的石碑光秃秃的，单是买这块墓地，孟驰已经花完了自己身上所有的钱，再也没有钱给墓碑刻字了。

站在这块无字的墓碑前，孟驰默默地流下了眼泪，直到夜色渐晚，他才拖着疲惫的双腿回家去。

此刻的孟小凡已经找了孟驰好几个小时无果，又急又累，只差报警了，就在这个时候，她看到了一个人影，虚弱而缓慢地在人行道上蹒跚而行，似乎随时来一阵风都能把他吹倒！

孟小凡定睛看去，可不正是弟弟孟驰，她叫了一声孟驰的名字，孟驰转头朝这边望了一眼，身子一软，瘫倒在地。

救护车呜呜叫着，载着昏迷的孟驰与焦灼流泪的孟小凡到了新州人民医院。

负责神经内科的安露大夫还没下班，在急救室门口，她安慰着惊慌失措的孟小凡，随后跟着孟驰的推车进了急救室。

孟小凡靠在墙上，骨头像散了架一般，她的脑子木木的，眼睛死死盯着急救室的大门。

不知道时间过了多久，急救室门开了，安露走了出来。

“暂时没事了。”安露摘了口罩说。

孟小凡顾不得感谢，冲进病房。孟驰静静地躺着，脸色苍白，孟小凡握住弟弟的手，眼泪扑簌簌地落在了雪白的被单上。

过了一会儿，孟小凡抬起头，看到门口的安露还没走，才想起还没感谢人家，于是走了过去，还没等她开口，安露反而问道：“病人是你什么人？”

“我弟弟。”孟小凡声音低低地答道，又回头望了床上那个瘦弱的身影一眼。

安露迟疑了一下，问孟小凡能不能跟自己到办公室里谈谈。

孟小凡忐忑不安地跟在安露身后来到了办公室。安露告诉她，孟驰的状况不是很乐观，本来重症肌无力这种病治愈的几率就非常小，全靠控制得当，现在病人由于外因刺激发病，出于安全考虑，需要住院观察治疗。

安露的话并未出乎孟小凡的意料，她犹豫了一下，没有说话。

“是不是……经济上有困难？”安露试探地问。

孟小凡点点头。

“你父母呢？”

“他们早就去世了。”孟小凡看着安露，坚定地说，“就让他住院吧，钱我来想想办法，我只有这一个亲人了，无论如何我也不能让他出事！”

安露叹了一口气，在医院这么多年，类似这种因为经济上的困窘而不能及时治疗的情况不知道遇见了多少，但像这种姐弟相依为命的情况倒还是头一遭。她看着面前孟小凡盈着泪水柔弱的大眼睛与坚定的表情，想到了自己也有一个弟弟，不由得深深同情起这对姐弟来。

办好住院手续，孟小凡回到病房，孟驰已经醒了，他看到坐在床边的姐姐，忧伤地说：“姐，寒冬哥死了，你知道吗？”

孟小凡点点头，孟驰又说：“他是个好人，他对你那么好……”

孟小凡制止了他的话，安慰他不要多想，安心养病。安慰完弟弟，孟小凡感觉自己头晕得厉害，决定先回去休息一下，顺便把孟驰的换洗衣物带来。

丁邵峰下了节目，想起孟小凡，径直开车来到了那间初恋小屋，他失望地发现孟小凡已经走了，但是在浴室的玻璃镜上，她用口红画了一个大大的笑脸，写着“谢谢”两个字。

看着那个憨态可掬的笑脸，丁邵峰笑了，他拨通了孟小凡的电话。谁料电话那头的孟小凡声音非常虚弱，丁邵峰追问之下，才知道她发烧了，一个人躺在家里。丁邵峰大急，问清楚了她的地址，飞速开车过去，将高烧的孟小凡送到了不远处的一家诊所。

诊所的医生给孟小凡打了一针，孟小凡昏昏睡去，丁邵峰想离开，胳膊却被孟小凡死死抱住，无法动弹，他只好又坐了下来，看着孟小凡睡着的脸，一时间神思怅然。

安露打来了电话，丁邵峰抽出胳膊，走到了诊所外面，他告诉安露，张主任临时找他加班，今晚估计是不能回去睡了。

安露的声音透着失望，但她还是很理解地关切了几句，便挂了电话。

丁邵峰把手机放进口袋，想起自己最近已经是第二次对安露撒谎了，心头涌上了一种复杂的情绪。

丁邵峰又把孟小凡送回了自己那间初恋小屋，照顾孟小凡睡着后，他也沉沉地倒在沙发上睡着了。

在梦里，丁邵峰又看到自己的初恋秋伊宁，她还是那么漂亮，纯洁得一尘不染，她与自己笑闹着，似乎从来没有离开过。

朦胧中，丁邵峰感觉到一双手在自己脸上拂过，他睁开眼睛，初恋的她果然就蹲在自己面前，温柔地看着他。

“你还在，你没有走？”丁邵峰急切地叫着，将孟小凡揽进怀里，孟小凡略微挣扎了一下，便不再动了。任由丁邵峰的吻雨点般落在她的脸上、唇上……两人相拥着，倒在了卧室的床上……

与此同时，在梦凡咖啡屋里，一个瘦高的黑影闪了进去。他没有开灯，拿着一个点燃的打火机，扫视着屋内的一切。

孟小凡的照片、孟小凡的画像、丁邵峰的车子、车门口的丁邵峰与孟小凡、远远注视孟小凡的寒冬……最后，黑影拿起了寒冬的一张照片，一颗大大的泪滴落在相框上，四散开来。

第三章 / 暗影

昏　迷　不　醒

他像是沉浸在一个梦里，在这个梦里，他那早逝的初恋重新回到了身边，他忘了自己是个已婚的男人，他忘了自己还有家庭，他只是想抓住这残存的梦境……

01

孟驰住进医院后，不断翻滚增加的住院费就如同一个看不见底的洞，牢牢地吸住了孟小凡，还好有同情他们的安露帮忙，所以医院那边暂时拖欠着，但这只能是缓兵之计。除了照顾弟弟，孟小凡必须四处找工作、借钱，以便尽快还上这笔钱。

安露一直觉得孟驰不太像十七八岁的男孩子。比起同年龄的人，他过于沉默，而且情绪不稳，这对于他病情的恢复非常不利，安露觉得有必要跟孟驰的姐姐谈谈。

安露走出病房，院长走了过来，身后跟着一位戴着黑框眼镜、文质彬彬的中年男人。

“介绍一下，这位是严寒，从美国回来的医学博士，这位是负责我们神经内科的安露大夫，以后大家就是同事了，你们可要互相照应啊。”

安露与严寒打了个招呼，严寒礼貌地回应，同时望向安露身后的病房，与孟驰四目相接。院长把安露叫到一旁说话，严寒走进了病房，他俯下身对孟驰说：“我认识你。”

不等孟驰有所反应，严寒已经转身离开了，留下一脸惊愕的孟驰看着他的背影。

第二天，安露发现孟驰的病床空了，她问负责病房的护士李佳煜，李佳煜压根儿不晓得孟驰是什么时候离开病房的，想到他目前的状况，安露不由得摇头。

“让人不省心是吧？”旁边忽然有人说，安露抬头，严寒不知道什么时候来到了病房。

安露不置可否地笑笑，觉得这个美国回来的博士怪怪的。

孟驰没有去别的地方，他也没有其他地方可去，他又去了寒冬的墓地。他想跟寒冬大哥说说心里话，可当他站在那块墓碑前的时候，吃惊地发现墓碑上多了一张寒冬的照片。

孟驰以为自己眼花了，这块碑在放置的时候明明无字也无照片，照片是从哪儿来的呢？以前他只隐约知道寒冬有一个大哥，但离他很远，莫非是这个大哥回来了？

就在孟驰发愣之际，他忽然觉得身后某个地方有轻微的响动，转头看去，似乎是一个黑影闪过，在阴沉沉的墓地中央，格外瘆人。孟驰惊出了一身冷汗。

孟驰刚回到病房，孟小凡就来了，孟驰看到姐姐，便把头扭到一边，对她的关切，不闻不问。

“孟驰，你这是怎么了？”孟小凡很不解。

“姐，我现在没有心情，不想说话，你让我一个人静静吧。”孟驰声音很低。

孟小凡心里清楚，孟驰还在为寒冬的事情难过，说不定也还在暗自埋怨自己的绝情。可是她又能怎么跟弟弟解释呢？单纯的弟弟也不可能理解她所渴望的那种感情，根本与寒冬给的是两个极端嘛。

想到此，丁邵峰的脸不由得闪过了她的脑海。孟小凡脸一红，掩饰似的把头转向了门口，正好看到安露朝自己招手，便走了过去。

安露正好趁这个机会跟孟小凡谈一下孟驰的事情，但孟小凡以为她找自己是为了住院费，一到安露的办公室，便急忙解释说：“安大夫，我知道还欠不少费用，我正在想办法……我之前打工的咖啡店老板出车祸了，我会很快再找到工作的，请你相信我。”

安露摆摆手，“这个你先别急，主要是我感觉孟驰的情绪很低落，很不利于他的身体康复，所以想问问你……”

孟小凡低着头，告诉安露，因为自己那个老板之前对弟弟很照顾，所以他的离世给孟驰造成了不小的打击。

“怪不得。”安露点了点头，又问孟小凡：“你之前做什么工作？”

“我在咖啡屋唱歌，”孟小凡又补充道，“其实我干过很多工作，饭店服务员、商场销售，还发过传单——不过只发了一天便因为影响市容市貌被驱赶了……”孟小凡说着，自己笑了起来。

安露欣赏地看着这个外表朴素清丽内心却如此坚强的姑娘，心里很是佩服，寻思着一定要帮她留意工作机会。但眼下，关键的还是孟驰的病情，于是她把今天孟驰离开病房的事情告诉了孟小凡，嘱咐她一定要注意孟驰的情绪，千万不能激动，否则于病情不利。

孟小凡又回到了孟驰的病房，她问孟驰上午去了哪里，孟驰一言不发。

“你下次把他的泥塑带来，做泥塑可以帮助他平静心情。”一个陌生的声音忽然在身后响起，孟小凡回头，只见一位身穿白大褂戴黑框眼镜的大夫正在跟自己说话，她非常意外。

“您是？”

“我叫严寒，是神经内科的大夫。”严寒慢条斯理地说，又问：“你是孟小凡吧，你现在还弹吉他吗？”

“啊！”孟小凡愣了，这个素未谋面的大夫怎么对自己了解得这么清楚呢？！她正要问，严寒已经转身走了。

孟小凡匆忙地嘱咐了孟驰几句，又出去找工作，可奔波了一个下午，却一无所获，孟小凡又回到了丁邵峰的初恋小屋里。在这里，孟小凡似乎找到一种久违的安全感，她一边哼着歌一边做饭，快做好的时候，给丁邵峰打了个电话。

丁邵峰几乎是立刻就赶了过来，一见面，两人便紧紧拥抱在了一起。

“我想你，我想你……”孟小凡喃喃地说，沉浸在一种前所未有的幸福中。

丁邵峰抚摸着她的头发，吻她，两人就那么抱着，辗转拥吻，从门口，到客厅，再到厨房……

忽然，随着一阵稀里哗啦的声响，丁邵峰叫了一声，松开了手，孟小凡看去，两人激情之下把刚炒好的菜给碰翻了。孟小凡忙不迭地去收拾。

发生了这么一个小插曲，两人的热情都稍微平静了一些。丁邵峰想到在家等自己吃饭的妻子，颓然坐到了沙发上，而孟小凡想起了那每天都在增加的费用和病床上沉默不语的弟弟，也坐了下来，顺势靠在丁邵峰肩膀上。

“这些天，发生了这么多事情……”孟小凡幽幽地说，“真感觉有些承受不了了。”

“别怕，有我呢！我们一起承担。”

丁邵峰把她揽得更紧了一些。

孟小凡幸福地闭上眼睛。听到这些话，她已经很满足了，至于生活中的那些困难，还是自己来面对解决吧！

刚才的饭菜已经打翻掉，孟小凡准备重新给丁邵峰做，丁邵峰制止了她，两人决定出去吃饭。

刚走出单元门，丁邵峰忽然松开了孟小凡揽着自己的胳膊。

“怎么了？”

“哦，你先上车，我系一下鞋带。”丁邵峰说着弯下腰去，孟小凡只好独自朝车那边走。刚走两步，便听到身后有人跟丁邵峰打招呼。

“丁老师，好久没见您啦。”是个穿着物业工作服的年轻人。

“是啊，我最近没来这边。”丁邵峰微笑着回答。

“对了，最近又有人来问您这套房子卖不卖呢！”

“不卖不卖。”丁邵峰摆着手，快步走向车子。

车里，孟小凡一脸促狭的笑。

“笑什么？”丁邵峰说着，发动了车子。

“我笑啊，我应该送你一双没有鞋带的鞋子。”孟小凡说着，在他脸上迅速吻了一下。

丁邵峰苦笑了起来。

02

孟驰懒洋洋地靠在病床上，想到昨天那墓碑上奇怪的照片，脑海里满是问号，他睁开双眼，忽然发现床前站了一个人，顿时吓了一跳。

“孟驰你醒了？”站在一旁的严寒轻声地问。

“你是谁？你为什么知道我的事情？”孟驰看着这个奇怪的医生。

“我认识你，早就认识了。”严寒说着，脸上带着神秘莫测的笑容。

“可我不认识你……”孟驰话还没说完，安露的声音从外面传来，他便不再说话了。

查完房的安露回到办公室，护士李佳煜走了进来。

“安姐，门诊那边有个病人，说自己肌无力，看症状又很奇怪……噢，门诊那边问能不能转到你这儿？”

“怎么回事啊？来吧！”安露很奇怪。

几分钟后，一个身高马大的中年男人走了进来，他穿着一件花格子衬衣，粗壮的脖子上带着一条挺粗的金链子。

“铁宏，男，40 岁……”安露念着病历上名字，对面那个男人忙不迭地点头。

“是，我最近浑身无力，一点劲儿没有……”铁宏急匆匆地说，引得对面的严寒看了他一眼，走出了办公室。

“可是从病理上看，你得的不像是肌无力。”安露看着体格健壮得像头牛似的铁宏。

“但我前几天真的是站都站不起来了，我开着夜总会和西餐厅，生意大着呢，万一我垮了，那些生意怎么办？大夫您还是好好给我看看，啊？”

“那你现在不是好好的嘛，这样吧，回去观察两天，如果再有类似症状，你再来不迟。”安露认真地说。

“哎哟，那好，那我回去观察，大夫您真高明，我服了！”铁宏站起来作揖似地比画着，安露“扑哧”一声笑了。

“我都没有给你看，高明什么呀，你这个人还真有意思。”

“跟你这一说话啊，我的病就好一大半了，怎么不高明，不光医术高明，人也漂亮……”铁宏唠叨不休，最后总算是走了。

孟小凡从医院出来，便沿着街道四处查看那些贴有招聘告示的店面，每个都进去问问，想找一份适合自己的工作。但是她的经验和特长与那些招聘条件显然都不太符合，因此一天下来无一成功。孟小凡垂头丧气，不得已她又把乐队的其他两位成员周鹏与王宇叫了出来。

听孟小凡说了自己的情况，两人毫不犹豫地摸出口袋里所有的钱交给她，让她先拿去缴费。看着手里不多的 1000 多块钱，孟小凡非常感激。

“我的意思是说，咱们能不能再多跑几个场子……”孟小凡提出自己的想法，立即得到了两人的同意，说干就干，三个人立刻起身去寻找演出场地。

本来以为三个人的力量可以比一个人大，但是现实给孟小凡展示的仍旧是残酷的一面。许多演出场所已经有了固定的乐队歌手，有的要人，也只要一个弹钢琴或者唱歌的，可当孟小凡提出先预支工资的时候，对方便客气地拒绝了他们。

几天下来，孟小凡非常沮丧，而医院催缴住院费的口气也一天比一天冰冷，每次见到关切他们情况的安露，孟小凡都觉得很尴尬。

看到孟小凡的窘况，安露也很着急，可她不认识什么大老板，可以给孟小凡安排一个工作。

这天安露又在办公室遇见了过来查病的铁宏，铁宏刚说了两句，便起身接电话。

“什么？这么几天了，连个乐队都找不好，你们干什么吃的？”铁宏粗声大气地在电话里训着什么人，这话被安露听到，她心里一动。

“刚听见你说，是不是要找乐队？”待铁宏坐下，安露问道。

“是啊，我那西餐厅想找个唱歌的乐队压场子，可叫那几个手下找了好几天了，愣是一个合适的没有。唉，啥事都办不好，我咋不会累出病啊！安大夫，你好好给我瞧瞧，我真是觉得不舒服呢。”

安露一边为铁宏做诊断一边把孟小凡的情况说了出来，婉转地问铁宏能不能让孟小凡他们去他的店试试。不想铁宏二话不说，拍着胸脯保证，可以把孟小凡安排到自己的西餐厅演出，而且报酬还很丰厚呢。

“那就谢谢你了，另外我告诉你，你身体棒得很，没问题，别担心啦！”安露对铁宏说。

铁宏放心地出门走了，安露赶紧把工作的事情告诉了孟小凡。孟小凡喜出望外，按照铁宏的示意，来到了红玫瑰西餐厅面试。

看到铁宏的店场面挺大，孟小凡很忐忑，她以为面试的程序一定挺烦琐的，不想铁宏随便问了几句孟小凡的情况，便把工作的事宜确定了下来，明晚就可以上班。

孟小凡犹疑地问铁宏能不能预支自己一些工资，铁宏也爽快地答应了。

“我知道，安大夫说了，你弟弟住院需要钱，我告诉你，哥这儿啥都缺，就不缺钱。”铁宏豪爽地说，指示手下拿来钱交给了孟小凡。

孟小凡想不到事情这么顺利，她忙不迭地道谢，弟弟的住院费用总算可以解决一部分了。

孟小凡告辞回医院，铁宏看着她的背影消失在门口，叫过来两个手下。

“跟着她。”铁宏忽然一改刚才的笑脸，冷冷地说。

孟小凡交了一部分费用，虽然还欠一些，但好歹有了工作，余下的也很快会还上。她想着这些，走进了孟驰的病房。

孟小凡告诉弟弟，自己找到工作了，叫他安心养病，不要去考虑其他事情。孟驰依旧很沉默。

孟小凡叹了一口气，转身刚走到门口，孟驰叫住了她。

“姐，别太累了，等我出院了，挣钱养活你。”

到底是血缘至亲，姐弟情深，孟小凡鼻子一酸，差点没哭出来。

孟小凡刚走，严寒便闪进病房，孟驰在看书，没有理他，他自顾把病房的窗帘拉了下来。

“严大夫，你拉窗帘干什么？”孟驰奇怪地问。

“太强的光线对眼睛不好，我是大夫，听我的没错。”严寒依旧一副高深莫测的样子，说着走过来看了看孟驰手里的书，把它放在一旁桌子上，摇摇头说：“一切罪恶都来自看似纯洁的阳光，以后，你就知道了。”

孟驰不明所以地点了点头。

“睡吧，睡觉有助于你的康复，人只要能睡着，就是幸福的。”严寒说着，扶孟驰躺了下去。

孟驰莫名其妙地看着严寒的身影，产生了一种奇怪的感觉，这个严寒大夫，与其说是个医生，似乎更像个病人。

“严医生，我到底什么时候能出院啊？”孟驰问。

“只要按时吃药，很快，也许就是明天，我是说——也许。”严寒边说边在手里的本子上写着什么。

孟驰盯着严寒的动作，见他写完之后，转身朝病房外走去，临到门口，自言自语嘀咕了一句：“多好的孩子，可惜啊，可惜啊……”

03

安露这几天心情不错，丈夫的事业更上一层楼，知名度大增，最近台里又把出书的指标给了他，他正抽时间整理书稿。记挂的病人家属孟小凡也在自己的牵线下找到了工作，安露心里顿时松了一大口气。她决定今晚和丁邵峰一起出去吃顿饭，就去铁宏的西餐厅，算是谢谢他，也算是给孟小凡第一天上班捧捧场吧！

因为台庆的原因，丁邵峰的节目临时调整，今晚正好有空，一家三口说笑着来到了红玫瑰西餐厅。餐厅正在上客，乐队也已经开始演奏，安露特意找了个离舞台近的地方坐下，欣赏地看着台上表演的孟小凡。

丁邵峰的位置正好背对舞台，对这一切浑然不知，倒是女儿丁芋左看右看，跑到了舞台边，凝神地看孟小凡弹琴。

“喜欢吗？”孟小凡边弹边问这个可爱的小姑娘。

丁芋使劲儿点了点头，孟小凡微笑地看着小姑娘，小姑娘听了一会儿，向她摆摆手，走了下去。

丁邵峰带丁芋去洗手间了，正好安露看到孟小凡一曲弹罢，便招手让她下来。

坐在安露的对面，孟小凡一个劲儿地感谢她给自己介绍这份工作，安露摆摆手，抬眼看到丁邵峰走过来，便向他介绍道：“邵峰，来，我给你介绍一下，这是孟小凡，是我一个病人的姐姐。”

丁邵峰已经愣在了那里，孟小凡也手足无措。安露并没有发现两人的异样，又笑着对孟小凡说：“这是我丈夫丁邵峰，你们认识下吧！”

在安露的催促下，丁邵峰机械地对孟小凡说："你好！"

"你好。"孟小凡看了他一眼，迅速转开头。

"刚才你听到小凡弹琴了吗？弹得多好啊！"安露对丁邵峰说。

"哦，我没……没听到。"丁邵峰脑子里嗡嗡地响成一片，想也没想就回答。

安露拍了丈夫一下，嗔怪说："怎么没有？刚咱们进来时就是她在弹啊！"

"噢，噢。"丁邵峰赶紧回答，又借口去洗手间，不等安露说话，便已经走离了座位。

"不是刚去过嘛！"安露嘟囔了一句，又朝孟小凡笑笑："我老公工作太忙了，我们难得一起出来吃顿饭。"

孟小凡想笑，脸上却僵化了一般，她极力控制自己的情绪，不让内心的翻腾表现在脸上。

"安姐，我该准备上台了，你们继续吃饭吧！"终于找了个借口，孟小凡拖着软绵绵的双腿走开了。

怀着一种巨大的震惊与羞愧，丁邵峰这一顿饭吃得异常艰难，安露在旁边说什么，他一句都没听进去。

也仿佛是这个时候，丁邵峰才意识到自己做了什么。在此之前，他像是沉浸在一个梦里，在这个梦里，他那早逝的初恋重新回到了身边，他忘了自己是个已婚的男人，他忘了自己还有家庭，他只是想抓住这残存的梦境……

可是今天西餐厅这意外的相遇，如同一只重锤敲在了丁邵峰的脑袋上，他不敢去想自己做过什么，也不知道以后该怎么办。

直到睡觉前，丁邵峰脑子依旧是一团云雾，安露叫了他好几遍，他才回过神来。

"你说什么？"丁邵峰直愣愣地看着安露。

"我说，今天那个孟小凡，你觉得怎么样？"安露躺在丁邵峰身边。

"哦，挺好啊。"丁邵峰翻了个身，不敢看安露。

"我有个想法，我看丁芋挺喜欢她，不如叫她来做丁芋的音乐老师吧！"安露兴致勃勃地说。

丁邵峰吓了一跳，忙说："她？不合适吧！"

"怎么不合适？"安露支起了胳膊，认真地说，"我问过咱们丁芋了，她说喜欢孟小凡，愿意跟孟小凡学琴呢。哎，之前可是你说要尊重孩子的意愿的。"

"可是，她毕竟不是科班出身啊，自己弹还行，教孩子就不一定了。"丁邵峰心怦怦跳。

"小凡说她五岁起就学弹钢琴了，教孩子没问题，再说她现在弟弟住院，也需要钱嘛，咱们正好也帮一下不是？！"

丁邵峰一时再找不出理由反驳，于是起身关了台灯。在黑暗中，开始认真考虑这件事的对策。

第二天上班之后，丁邵峰溜了出来，把孟小凡叫到了初恋小屋里，一见面，便质问孟小凡昨晚是怎么回事。

"安露是我弟弟的主治医生，我……我并没有想到你们的关系啊。"孟小凡着急地解释。

丁邵峰无奈地叹了一口气，生活果然比电影更戏剧化啊。他问孟小凡准备怎么办，莫非真的要给丁芋做音乐家教吗？

孟小凡有些迟疑，从昨晚在西餐厅见了丁邵峰一家之后，她内心也充满了痛苦和矛盾。平心而论，安露大夫对他们姐弟俩那么照顾，可是她自己呢，却和人家的丈夫搞在了一起。但是事已至此，如果让她离开丁邵峰，除非让她去死——她已经死心塌地爱上了这个男人！

如今摆在面前的难题是，如果自己成了丁芋的家庭老师，三人岂不是还要经常见面，那这种关系还不是迟早要露馅？！可是面对安露的一片真诚与丁芋的喜爱，她该怎么拒绝呢？

"不然，你找个人把我顶了！"孟小凡忽然冒出一个主意，丁邵峰沉思了一会儿，也只有这么办了。

因为各怀心事，两人匆匆告别，丁邵峰回台里，孟小凡带着泥塑去医院看望弟弟。

孟小凡走进病房的时候，正碰上安露在询问孟驰的情况，只听孟驰提到一个叫严寒的医生，说这个人似乎有些神经兮兮。安露笑着安慰孟驰，严寒大夫刚从美国回来，可能那种做派让人一时还不习惯吧。

安露转头看到了孟小凡，微笑着打了个招呼："小凡啊，一会儿去找我一趟，我有话跟你说。"

孟小凡点了点头，脸上笑着，心里却叹了一口气。

跟孟驰说了几句话，孟小凡出来找安露。两人在花园的一张长椅上坐下，安露便说了想让孟小凡来做丁芋音乐老师的事情。

"安大夫，我……我恐怕不合适吧，我只会自己弹琴，没教过小孩子啊。"孟小凡推脱。

"你不是从小就学琴吗？既然你也是从小孩子时候学过来的，那么教丁芋就没问题。"安露以为孟小凡是在客气。

"安姐，我真的……"孟小凡欲辩解，安露转身将手放在了她的肩膀上，语重心长地说："小凡，我也不瞒你，我家丁芋跟其他孩子不一样……"

安露告诉孟小凡，前些年因为她和丁邵峰工作忙，把丁芋安置在了安露父母家，一直长到上幼儿园才接回他们夫妇身边，接回来后，就发觉她不太合群，总是闷声不响，一点儿也没有同龄小孩的活泼，经过检查才知道，丁芋是有些自闭。

"据说学音乐可以帮助像她这样的孩子走出自闭，所以我就不断地给她寻找家教老师，但是她都不喜欢，我真是没办法了，都想要放弃了……还好，遇见了你，我也问过她，她愿意跟你学琴，真的。"安露恳切地望着孟小凡，孟小凡为难了。

"你就只当帮帮我们家丁芋了，好吗？"安露又加了一句，孟小凡想了想，终于点了点头。

安露转忧为喜，与孟小凡约好明天就开始上课。

04

给女儿找到了音乐家教，安露心里那块大石头终于落下了，工作中也显得异常轻松，连桌对面的严寒都看出来了，问她是怎么了，这么高兴。

“给女儿找到音乐老师了，你可不知道我为这事儿费了多少劲儿！”安露一边整理病案一边说。

“哪儿找的？”严寒随口问。

“就孟驰的姐姐，孟小凡，她从小学音乐，自己还组了个乐队呢。”

安露说着，没有注意到严寒的脸色渐渐变了。

“严大夫，孟驰的药怎么换了？”安露忽然在病案上发现了一个问题，疑惑地拿给严寒看。

“哦，我觉得这种药更利于他的治疗，就换了。”严寒说。

“可是，这种药是进口药，效果并不比国产的好很多，而且比较贵，这个病人的经济情况不太好……”

安露的话还没说完，严寒便打断了她：“我在美国这么多年，很多和他一样的病人都在用这种药，比较对症。安大夫，从我内心来讲，我觉得金钱不能和一个人的生命与健康相提并论。再说这种药能让病人恢复得快，要是能早日出院，还节省了住院费，你说呢？安大夫。”

安露一时语塞，只好跟着点点头。

下班之后，安露带着孟小凡一同去幼儿园接丁芋，却意外得知，丁芋的爸爸已经先一步接走了她。

一向都是自己接女儿的安露很纳闷，丈夫丁邵峰今天是怎么了？连个招呼都不打就把女儿接回去了。

安露带着疑问与孟小凡一起回到了家。客厅里，丁邵峰正在抽烟，安露正要问丁邵峰怎么忽然去接了丁芋，却听见丁芋的房间里传来了叮咚的琴音。

“这是？”安露指着房间问。

“哦，老张推荐的音乐老师，就我那个主持搭档张帆，音乐学院毕业的，放心吧，一定能教好丁芋的。”

安露又急又气，明明说好了让孟小凡来做丁芋的音乐家教，丁邵峰怎么可以随随便便又找来一个人呢。再说今天人家都跟自己来家里了，现在怎么跟人家交代？

“那个，小凡啊，实在不好意思，她呢，是我们台张主任推荐的，早就定下来了，只是今天才过来上课，所以……”丁邵峰不慌不忙地朝孟小凡解释说。

“没事，没事。”

孟小凡如获大赦，准备告辞离开。这个时候，琴声忽然断了，接着是丁芋的吵闹声：“我不学了，太难了，我不学了！”

三个人急忙来到丁芋的房间，丁芋噘着小嘴站在钢琴旁，旁边的张帆手足无措，看着走进来的丁邵峰夫妇，想解释，又不知道说什么好。

“丁芋，你怎么这样？！”丁邵峰严肃地对丁芋说，丁芋受惊一般垂下头，一言不发。孟小凡想起了安露的话，走过来，抚着丁芋的头，示意她在钢琴前坐下。

孟小凡的手握成一只拳头，在钢琴的黑键上滚了一滚，又灵巧地按了几下白键，反复几次，一串乐音便流淌了出来，丁芋看呆了。

“想学吗？”孟小凡问。

丁芋使劲儿点点头，笑了。

安露见状，带着丁邵峰与张帆悄悄退出了房间，并掩上了丁芋的房门。门后，琴音起伏。

丁邵峰送张帆走出大门，今天他是临时想到她学过钢琴，才不明不白地把张帆拉过来救场的，不想最后这个场却是孟小凡给救了，丁邵峰只好一个劲儿地朝张帆道歉。

“还是让那个女孩教吧，她比我合适。”张帆一笑，又说，“其实我知道，你不太想让她来，所以才找我。”

丁邵峰一惊，忙掩饰笑道：“哪里的话，你毕竟是科班出身嘛。”

张帆笑笑，告辞了。丁邵峰琢磨着搭档的话，心里有些不安，他回到客厅里坐下，又点起了一支烟。

安露从丁芋的房间里出来，看到丁邵峰，嗔怪他今天怎么抽这么多烟，说罢自己去厨房煮咖啡，要给孟小凡送去。看得出，安露对于孟小凡十分满意，而女儿房间里连续不断的琴声也说明丁芋已经适应了这个新老师，想到这里，丁邵峰的心更乱了。

孟小凡回去的时候，安露执意要丁邵峰送她，孟小凡推脱不掉，而丁邵峰也没有理由拒绝老婆对于单身女孩子走夜路的担心，只好与孟小凡一起走出了家门。

一直到车上，两人都没有说话，开出家一段路程后，丁邵峰把车停在路边一片暗影里。

“小凡，你还是找个理由别干了。”许久，丁邵峰艰难地说。

“我知道这样不好，可是我实在无法拒绝安露姐。何况，我也想帮帮丁芋，安露姐对我那么好，可是我……”孟小凡的声音有点抖，“好歹，我就当补偿她吧。”

丁邵峰把头靠在方向盘上，无声而沉重地叹了一口气。

安露是个心地善良的人，她同情孟小凡姐弟的遭遇，一心想给他们提供帮助，可是她万万想不到，这个女孩却和自己的丈夫在一起了。安露的好更加重了孟小凡的愧疚。既然丁芋喜欢自己，那就做点儿力所能及的事情减轻安露的负担吧。

丁邵峰何尝不理解这些，只是他与孟小凡的事情本来就已经是走错的一步，如果大家各自生活在自己圈子里，还能相安无事，可要是搅和在一起，以后会发生什么可就说不定了。纸里终究包不住火，丁邵峰现在唯一能做的，就是让纸与火离得越远越好。

“你就让我给丁苧做老师吧，我保证只教她钢琴，不会给你惹一点儿麻烦，真的，我实在觉得对不住安露姐，这样做，我心里也稍微舒服一点儿，好吗？”孟小凡看出了丁邵峰的担忧，再度保证。

丁邵峰无奈地以沉默代替了回答。

回到家里，丁苧已经睡下，安露还在等他。丁邵峰把一个信封交给了安露，这是台里刚发的两万块奖金，叫她收好。

丁邵峰磨磨蹭蹭地洗漱完毕，安露还没有要睡觉，他只好装作很疲惫的样子躺下。

“这个孟小凡还真不错是吧，人漂亮，还多才多艺……”安露似乎并没有睡意，在丁邵峰耳边说着。

丁邵峰“嗯嗯”地答应着，一边夸张地打着哈欠。

“我说，把她介绍给安君怎么样？”安露又说。

“啊！”丁邵峰吓了一跳。

“啊什么，安君又没有女朋友，孟小凡的条件也不错，咱们丁苧也喜欢她，怎么不能介绍给安君做女朋友啊？”安露嗔怪地看着惊讶的丈夫。

“这哪儿跟哪儿啊，你就别瞎操心了。”丁邵峰一时真有些慌神了，他翻了个身，安露在旁边又说着什么，他一句都听不清了。

第四章 / 端倪

昏 迷 不 醒

一时间，一系列事件忽然像被一根线穿了起来，她的眼睛越睁越大，呼吸也越来越急促。一个令人不敢相信的猜测在脑海中越来越清晰。

01

第一节课上完，丁芋非常喜欢这个新的音乐老师，她悄悄找到安露讲，能不能让小凡阿姨一直教自己弹琴。

安露点了点头，放下了心。

来到医院，安露便把孟小凡叫到办公室，当即就把这个月的工资付给了她。

“安大夫，我才上了一节课啊。”孟小凡吃惊地推脱着。

“拿着吧，丁芋很喜欢你，这课就继续上下去吧，钱早给晚给还不是一样，再者，你现在需要。”安露语重心长地说。

拿着这些钱，孟小凡又惭愧又感激，安露的好意无法推却，加之弟弟的住院费还欠着一部分。她谢过安露，便拿着钱直奔缴费处。

“还差一万多，抓紧时间吧。”收费处的工作人员接过钱，递出收据时说。

“我不是刚交了一万吗？”孟小凡慌神了，她没有想到每天的费用竟然这么高。

陪伴在旁的安露同情地看着孟小凡，孟小凡努力挤出一个笑容："没关系，我会凑齐的。"

孟小凡出了医院，在街上徘徊了一会儿，便去了红玫瑰西餐厅。

铁宏的办公室里，他正把玩着一件古董，看到孟小凡进来，满脸堆笑地让座沏茶，问孟小凡有什么事情。

"我……宏哥，我……"孟小凡难以启齿。

铁宏摆摆手不让她说了。

"哥知道，是你弟弟的事情，医院又催缴费用了吧？要多少，哥这里有！"铁宏说着就要拉抽屉，孟小凡急忙制止了他，她的意思并不是想要向铁宏借钱，而是想让铁宏问问楼下那家酒吧，是不是需要乐队，她想多跑几个场子。

铁宏二话没说把楼下酒吧经理叫了过来，带着命令的语气，叫酒吧经理给现在的乐队一点儿钱，提前解雇，让孟小凡他们进驻。酒吧经理看看孟小凡，嗫嚅着："这……不合适吧？"

"你少他妈废话，我说合适就合适！"铁宏此话一出，酒吧经理再也无话，领命而去。孟小凡心里那个感激呀，就别提了。无父无母的她第一次觉得世界真是太温暖了，虽然弟弟患上了重病，却有这么多好心人给自己帮助。

事实证明，孟小凡对丁芋的教导还是很有成效的，丁芋逐渐变得开朗了，安露也很欣慰，连声对李佳煜说，自己的眼光绝对没错，小凡教丁芋太合适了。

这话被旁边的严寒听到，李佳煜走后，他问安露："你真放心把那么漂亮一个女孩子放家里？"

"怎么了？孟小凡是丁芋的音乐家教，有什么不放心？"安露觉得他的话莫名其妙。

"引狼入室！"严寒一字一句地说。

安露从鼻子里"嗤"了一声，没言语。她了解丈夫，在她看来，丁邵峰才没有那个胆子，严寒纯粹是以己之腹度人之心。

严寒看自己的话没有引起预期的反应，继续自顾自地说："男女之间其实就那点儿事情，但有的时候，男女可以为这点儿事情不顾一切，只是不顾一切之后，那付出的代价就无法收场了……”

安露皱起了眉头。

严寒在心里冷笑了一声，走出办公室。

下午的时候，孟小凡来看弟弟，发现他正对着一本书读得出神，走过去看，竟然是一本《圣经》，孟小凡问他哪儿来的，孟驰却反问道：“不是你送来的吗？上午我看到就摆在泥塑旁边啊。”

孟小凡觉得很奇怪，但孟驰已经捧起书，继续津津有味地看起来。

孟小凡坐了一会儿，觉得无趣，便离开医院。她打了个电话给丁邵峰，问他能不能陪自己看场电影，丁邵峰犹豫了一下，答应了。

下班的人流中，丁邵峰与孟小凡一前一后朝电影院走去，因为怕熟人碰见，他们刻意隔开了一段距离，在前面的丁邵峰紧紧攥着手机，孟小凡则在后边出神地盯着他的背影，努力地分开人群跌跌撞撞跟上。那一瞬间，她觉得自己跟丁邵峰的距离正在不断发生变化，一会儿很近，一会儿又很远。

此刻，安露也在收拾东西准备下班，严寒不知道什么时候又进了办公室，他靠在窗前，忽然问安露：“你要下班了？”

“是啊，今晚就麻烦你多费心了。”安露头也不抬地说。

“嗯，好——方便的话我能问问您先生今晚在哪儿吃饭吗？”

“他今晚有应酬。你有什么事儿？”安露一愣，抬头看着严寒。

“呵呵，没有，不过我猜，他此刻应该在这个城市的某个角落里，和一位漂亮的异性在一起。”

“你什么意思啊？”安露有些不快地看着这个莫名其妙的人。

严寒笑着摆摆手，“没什么，我只是告诉你我的直觉。不信，咱俩打个赌？”

“我说海归博士，咱能不能不这么幼稚无聊？”安露冷笑。

“好好好，”严寒拱了拱手，“不跟你说笑了，其实我多么希望你能相信我啊，可你就是不信，那你回去吧，回去吧。我这个人毛病多，你别跟我一般见识，我就喜欢看到人们各种鬼把戏被戳穿后的表情，尤其是您这么漂亮的女人，瞠目结舌的样子一定与众不同……回见！”

安露又好气又好笑地看着严寒的背影。这个在美国待久了的人，满脑子装的都是些什么啊？！

与此同时，电影院里，丁邵峰与孟小凡并排坐着。孟小凡看得很投入，不时跟着周围观众一起发出笑声，但丁邵峰却没有加入他们的行列，他完全沉浸在自己的思绪中。家、初恋小屋、孟小凡、安露、丁芋……他现在所做的这一切，到底是为了什么？找回初恋的感觉吗？可孟小凡分明不是他的初恋情人，只不过两人容貌相似而已；自己给了孟小凡温暖吗？可同时他也背叛了安露和家庭呀！更何况，孟小凡这样一个正值青春的女孩子，一腔痴情和纯洁的身体都给予了他，又心甘情愿地不要回报，这实在令他觉得自己欠了所有人！

丁邵峰真的害怕，如果自己有一天亏欠到还不起的地步，该怎么办呢？

丁邵峰怀着矛盾纠结的心情回到家里，安露还没有睡，她习惯了躺在床上跟丈夫说说一天的事情，只有做完了这短暂的睡前交流，她才能够安心入睡。

“今天我们办公室的严寒——”安露开口了。

“严寒，谁啊？”丁邵峰漫不经心地打断了她。

“就我们科室的，新来的一个海归博士，可怪了。”安露把下班时严寒的话描述了一遍。

丁邵峰听到那句“此刻正和一个漂亮的异性在一起”，心里登时一个激灵，惺忪的睡眼睁大了。

“这个人，他为什么这么说？”丁邵峰掩饰住紧张问。

“逗呗，我就说他人很怪嘛，我跟他还没熟到这个地步呢，他就在我面前胡说八道。”安露打了个哈欠。

“噢，那他估计是对你有意思。”看安露神色如常，丁邵峰稍微放下心来。

“哈哈，人家跟我说你呢，你倒把话题推到我身上了。算了不说这个了，我才没兴趣管他说的那些，我只要每天看着你和丁芋开开心心，就心满意足了。”安露说着，忽然从丁苧想到了孟小凡，于是便提到了孟小凡弟弟医药费的事情，这种病又难治又费钱，她不由得感慨这姐弟俩可真不易。

丁邵峰这才知道孟驰的病是这个情况，但孟小凡为什么从来不在自己面前提起这些困难呢？唉，这再一次证明了她对自己的一片真情呀！

02

第二天一早，丁邵峰便把孟小凡约到了初恋小屋，一见面，他就问起孟小凡弟弟的病情，并责问孟小凡为什么不把她的难处告诉自己。

看到丁邵峰如此急切与关怀，孟小凡很感动，一直以来，她习惯了自己的事情自己扛，丁邵峰现在给予的温暖她已经很满足了。她再艰难，也不愿意这份感情与金钱沾染上关系。她爱丁邵峰，是实实在在的爱！她不求回报，也不奢望让他分担自己的困难。

"我能想办法，你别管了！"孟小凡倔强地说。

"以前我不知道可以不管，现在我知道了，不管不行！"丁邵峰也很强硬，钱能跟人的生命相比吗？面前的这个姑娘怎么这么傻啊！

两人一时谁也无法说服对方，各怀心事地离开了那栋房子。丁邵峰决定直接把钱拿给孟小凡，不由得她不收！于是便打电话问安露前几天自己拿回去的奖金是不是还在家里，他这会儿有急用。

事有凑巧，安露恰好利用上班前的时间在银行存这笔钱，听到丁邵峰的话，二话没说便把钱又收了起来，交给了赶过来的丁邵峰。多年来的信任，让她甚至连问丁邵峰拿钱做什么用的念头都没有起。

丁邵峰拿到钱，转回初恋小屋，孟小凡已经往医院去了，他开车一直追到医院大门口附近，才追上了孟小凡，把钱硬塞给了她。孟小凡非常感激，眼里闪动着泪花。

“邵峰，这钱算我借你的，等我挣了钱，一定还你！不然，我不要！”

“好好好，你挣了钱加倍还我，行了吧？”丁邵峰看到孟小凡接了钱，这才放下心，笑着说道。孟小凡情不自禁地在丁邵峰的脸上吻了一下，丁邵峰忙推开，这可是在医院的大门口，一不小心就会碰上安露的同事。

两个人万万没有想到，一双眼睛自孟小凡上丁邵峰的车开始就牢牢地盯上了他们，这短暂的一吻，顷刻便被锁定在他的手机镜头内。

这双眼睛一直跟着孟小凡到缴费窗口，看她把信封里的两万块钱交给了收费员，顺手把信封扔到了一旁的垃圾桶上，就在信封滑入垃圾桶内的时候，一个人，把信封拿在了手里。

信封上，刚才安露在银行试笔时顺手写下的一个“安”字清晰可见。

医院大门外的丁邵峰，看着孟小凡走进医院的背影出神，冷不防一个人趴在了车窗上。

“姐夫，你怎么在这儿？”护士李佳煜笑嘻嘻的，却把丁邵峰吓得不轻。

丁邵峰咽了一口唾沫，努力挤出一个笑容说：“台里一个同事过来，顺路送送他。”

“我知道啦，你是来看安露姐的对吧？”李佳煜一副谈性很浓的样子。

“啊，是啊，不过刚接台里的电话，现在要回去，就不进去了。”丁邵峰说着，发动了车子，李佳煜只好摆摆手，让开了身体。

孟小凡交了费用，心里一阵轻松，明媚的阳光透过窗子照在她身上暖洋洋的，她觉得应该推孟驰出去晒晒太阳，便脚步轻快地来到了他的病房。

孟驰情绪依旧不太高，但对孟小凡的提议也并没有拒绝，只是告诉孟小凡，他觉得自己好多了，不如就出院在家里养着好了。

孟小凡知道孟驰的心思，他一定在担心住院费用的问题，就安慰他，自己刚交了两万块钱，费用问题暂时不用担心，而且现在她又找了几个场子，以后的费用也不用发愁了。

“你哪儿来的钱啊？”孟驰打断了她的话。

孟小凡这才意识到自己说走了嘴，忙说这钱是从朋友那里借来的，但是暂时不着急还，孟驰这才收回了疑惑的目光。

走廊上，安露迎面走了过来，看到孟小凡姐弟俩，便停下脚步跟两人聊了起来。孟驰告诉安露孟小凡刚交了住院费，安露以为是铁宏帮的忙，孟小凡也就将错就错地含糊承认了。安露便问起了她的工作情况，孟小凡告诉安露，铁宏那个人虽然看起来五大三粗的，其实心眼儿还真不错，安露听了也很替她开心。

安露走后，姐弟两个人又聊了起来，孟驰希望孟小凡去寒冬的墓地看看，他生前那么爱孟小凡，可谁也没想到，一个正值青年的人会忽然离世……孟小凡沉默了一下，问孟驰是不是还在为这件事情无法原谅自己，孟驰摇摇头，说他现在已经明白了，爱是无法勉强的。

听了这话，孟小凡欣慰中又有些无奈。

孟驰又想起一件事情，他告诉姐姐，医院新来的那个怪怪的严寒大夫，也不知道哪一点跟寒冬很像。

“瞎想什么呀。”孟小凡漫不经心地打断了孟驰的猜想，她正在给丁邵峰发信息，说自己晚上会在初恋小屋做好饭等他。

丁邵峰的回信却不那么确定，他说不一定有空。

安露回到办公室，和刚要出门的李佳煜走了个对脸，李佳煜转回来，告诉安露刚才在医院门口看到丁邵峰的事情，安露很意外，两人在银行门口分手时，没听丁邵峰说要来医院呀。

还没等安露细问，李佳煜已经又滔滔不绝地说起丁邵峰的好来了。这姑娘快三十岁了，还是单身，她常对安露说，自己的目标就是找个像丁邵峰那样，又有才又疼人又专一的男人，可惜自己碰到的都是些不靠谱的，所以才一直没有男朋友。安露心里很甜蜜，但她还是劝诫李佳煜，不能太挑了，有时候越挑越没得挑。像她跟丁邵峰，其实也就是偶然碰上便成了。说到底，有缘分，迟早都是你的！

李佳煜嘟嘟囔囔地走了，安露想到她刚才提起丁邵峰来医院的事情，怎么想都觉得有些奇怪，一阵莫名的不安浮上了心头。

在电台张主任的办公室里，丁邵峰与张帆正坐在张主任的对面，讨论这一段节目的反响与下一阶段的主题。经过三个人的商议，大家一致认为，出轨作为目前在社会上出现得越来越多的一种现象，其对婚姻的影响，与每个人的相关性都不可忽视，这个话题应该会引发听众新的关注，在目前节目广受好评的基础上，再抛出这个重量级的话题，势必会将节目引向新的高潮。三个人越说越起劲儿，丁邵峰的手机数次响起，都被他挂断了。

此刻的孟小凡，在那间初恋小屋里，守着一锅刚刚熬好香气扑鼻的肉汤，不时瞅瞅手里的电话，脸上一副焦急又无奈的表情。

刚走下电台大楼的丁邵峰手机又响了，他打开一看，二十多条未读信息，全部都只有两个字：想你。

丁邵峰无声地叹了一口气，到停车场发动车子，车在夜色中向前驶去。

孟小凡蜷缩在沙发上，看到自己二十多条信息并未换来想要的回答，赌气直接把电话拨了过去，听起来丁邵峰那边正在开车，他跟孟小凡说自己有事，今晚实在过不去。孟小凡不甘心，一再追问："来一会儿也不行吗？汤都煮好了，你喝一点儿再走不行吗？"

丁邵峰似乎很坚决，孟小凡失望地挂断电话。没过了几分钟，孟小凡忽然听到门口有动静，她一跃起身跑去拉开门，啊！丁邵峰就在门外。

"太坏了你！"孟小凡捶打着丁邵峰，又唯恐惊动邻居，赶紧把他拉进屋内，小心翼翼地端出精心熬煮的汤，催促丁邵峰趁热喝下。

丁邵峰刚端起汤碗，安露的电话便打了过来，她也在家熬好了汤，丁邵峰再不回去，就凉了。丁邵峰答应着，站起来要走，抬眼看到孟小凡可怜巴巴的目光，只得端起汤碗一饮而尽。

孟小凡看着空碗，甜蜜地笑了。

03

今天又是安露值班，在查房的路上，看到了下班还没走的严寒在了解病人情况。想不到这个怪人竟然还挺认真，安露想着，走进了孟驰的病房。孟驰还在睡梦中，长期的病痛令他虚弱得如同一个发育不良的孩子，安露心疼地走过去帮他掖了掖滑落的被角。

安露的手碰到了枕边的一个信封，信封飘落，她顺手拾起放在了桌子上，就在转身离去的刹那，安露觉得有什么东西不对劲儿。她回身又拿起信封，只见上面写着几个字：奖金两万元。在信封的左下角，是一个熟悉的“安”字，正是安露自己的笔迹。安露记得，这是她在银行存钱填单子时觉得墨水不流畅，试笔顺手在信封上写下的。

毫无疑问，这个信封正是昨天自己的那个，那这里面的钱呢？而且，这个信封为什么会出现在孟驰的枕边？

一时间，丁邵峰要走钱，孟小凡给孟驰交医药费，李佳煜在医院门口遇见丁邵峰等一系列事件忽然像被一根线穿了起来，安露的眼睛越睁越大，呼吸也越来越急促。一个令人不敢相信的猜测在脑海中越来越清晰，安露脚步虚浮地走出了孟驰的病房。

回到办公室，安露稳定了一下心神，给严寒打了个电话，说自己家里有事，请他替自己值个班。严寒非常痛快地答应了下来。

安露回到家里，孟小凡正在给丁芋上课，她走过去，看着孟小凡的背影出神，孟小凡偶一回头看到了安露，很奇怪她怎么又回来了。安露忙谎称她记错了值班日期，说着便走到厨房去做饭。

安露切着菜，却怎么也无法集中精力。琴声高高低低，像什么东西在心上弹过来拨过去。安露顺手打开了收音机，里面恰好正播放《心路》节目。一个中年男听众打电话倾诉说，自己有了婚外情，现在正面临抉择，可是他既舍不得老婆，也舍不得外面的情人，觉得很痛苦。

安露心里一动，她竖起耳朵，期待听到丁邵峰的答案。但丁邵峰却念了一首诗，大意是珍惜现在的一切，因为它们最终都将失去。这回答很有些文不对题，还是女主持张帆机灵，接过话题说，希望那位听众能够珍惜自己的家庭，迷途知返，切莫越陷越深。算是给了一个圆满回答。

就在安露心乱如麻的时候，丁邵峰下班回来了。

安露像往常一样跟刚下班的丈夫打了招呼。刚接过他的包放在一旁，丁芋的房间门就打开了，孟小凡和丁芋一起走了出来，看到丁邵峰，两人同时都有些愕然，但又很快恢复了平静。

“下课了？”安露迎上去问，刚才的那一幕她已经看在了眼里。

“是啊，下课了。”孟小凡回答，故意不往丁邵峰那边看。

“你赶快去换衣服啊！一会儿就吃饭。”安露忽然转头向呆立一旁的丁邵峰说，丁邵峰赶紧答应着去了。

安露注意到孟小凡的目光跟着丁邵峰，看到自己，又赶忙收了回来。

安露心里已经有了一个判断，但她依旧不动声色地送走了孟小凡。

晚间，丁邵峰先躺下了。安露悄悄起身来到客厅，从他的口袋里摸出手机查看，通话记录与信息记录显示的都是张主任以及台里的一些同事，一点儿异样都没有，安露想了想，把手机放了回去。

回到卧室，安露摇醒了丁邵峰。

“干吗啊？”丁邵峰迷迷糊糊的。

“没什么，你那会儿怎么没送送孟小凡啊？”安露尽量显得若无其事。

“哦，你不是送了吗？干吗叫我也送？”

“那你以前不是都送了？”

“那是你让我送的，今天你没让我送啊……我说你问这个干吗？送不送的有什么啊？”丁邵峰有点儿心虚，他摸不透安露的意思了。

“也不干吗，就是觉得她挺不容易的。哎，上次我不是说想把他介绍给安君吗？你觉得怎么样？”安露话里有话。

“啊，哦，行啊。”丁邵峰含糊地答应一声，装作瞌睡得受不了的样子，总算结束了这场煎熬的谈话。

第二天，丁邵峰上班走后，心事重重的安露拨通了通信公司的客服电话，想查一下丈夫的通话记录，但是她没有丁邵峰的密码，只好作罢。

安露赶到医院，正好碰上孟小凡在孟驰的病房里，给他削着水果聊天，便把她叫了出来，询问了几句孟驰的状况后，把话题转到了住院费用上面。安露问那些钱是不是铁宏给的，孟小凡犹豫了一下，摇了摇头。

“是别的朋友。”孟小凡看着走廊外面的天空。

“是男朋友吧？”安露盯着孟小凡，脸上带着关心的笑。

“不不，”孟小凡摆手，“我没男朋友，就是个普通朋友。”

“那你可要小心点儿，人家借你这么多钱，会不会有什么想法啊？现在社会这么复杂，你一个年轻的女孩子可要注点儿意呢。”安露关切地说。

“谢谢安姐，我知道了。那钱我肯定会还给人家的。”孟小凡回答得很真诚，安露从她的话语里，并没有找到自己想要的东西。于是就开玩笑问孟小凡愿不愿意让自己介绍个男朋友给她，孟小凡却以自己要照顾孟驰为理由，婉转却坚决地谢绝了她的好意，安露的眉头又皱了起来。

《心路》节目自从做了出轨这个主题，接到大量的听众来电，倾诉与之有关的故事，希望得到丁邵峰的指点。有男人自述自己出轨的，有女人控诉自己男人出轨的。丁邵峰大多数时候都不建议两人分手，他认为在漫长的相处中，夫妻二人的感情基础一定是有的，出轨多数只是偶然的因素，宽容与接纳才是智慧的选择。只是丁邵峰自己知道，在回答这些听众问题的时候，他常常因内心矛盾交战，而有些恍惚。

主持人张帆作为一个单身女性，在面临众多的出轨案例时，不由得问丁邵峰，如果他在外面爱上了别人，会不会离婚呢?

张帆不知道此话恰恰戳中了丁邵峰的心事，他不想回答，于是装作没听见。但张帆不依不饶又问了一遍。丁邵峰说："我不会离婚。"

"为什么？"张帆没有听出他加重的语气，还在追问。

"因为我有孩子！"丁邵峰说完，头也不回地离开了直播间。

04

安露坐在办公桌前，不时陷入自己的思绪中。有时候对桌的严寒偷偷拿眼瞅她，她也浑然不知。

下午，护士李佳煜拿来一张提取病案的单子请安露签名，她签完才发现是孟驰的病案，李佳煜说是严寒用于课题研究用的。

"什么课题啊？"安露随口问。

"嘿，您都不知道我就更不知道了。"李佳煜说，安露挥挥手让她离开了。

严寒研究孟驰的病案，做什么课题研究呢？正思索间，电话铃声忽然响起，安露这才惊觉已经到了下午快下班的时分。接通电话，是丁邵峰打来的，告诉她今晚要给同事过生日，在喜悦餐厅，问她去不去。

安露淡淡一笑，“你去吧，我就不添乱了。”

“那好吧。”丁邵峰也没再说什么，就要挂电话，安露忽然叫住了他：“等等。”

“什么事儿？老婆。”

“噢……你少喝点儿酒，饭局散了早些回家。”

丁邵峰应着，挂了电话。

安露一时更加无法稳定心神。她走出办公室来到了病房区，恰好与刚从病房里出来的孟小凡碰上，安露灵机一动，叫了孟小凡一声。

“什么事情啊安姐？”孟小凡看到安露，脸上露出笑容。

“那个，晚上想请你吃个饭，你有空吗？”

“谢谢安姐，不过我晚上有事情了，不好意思啊。”孟小凡解释道。

安露心一沉，但脸上的笑容未变：“没关系，改天吧。”

安露有些恍惚地回到办公室，严寒叫了她两声，她才听到。

“安大夫，你是不是有心事？”严寒关切地说。

安露摇摇头，勉强露出一个微笑。

“安露，”严寒忽然改口，“我感觉你最近有心事，要是你有什么事情，可以告诉我，别的忙也许我帮不上，但最起码，可以作为一个倾听者为你分担忧愁。”严寒认真地说，安露一愣。

“真的，我就是觉得你这样的女人——应该得到青睐，所有男人的青睐。”严寒更进一步。

“谢谢。”安露迟疑地看着严寒，尽管不知道他葫芦里卖的什么药，但这种话对于每个女人来说都是很受用的。

“好了，不打扰你了，我看你还有事。”严寒看到自己目的达到，愉快地与安露告别。

安露却没有接话，犹豫了一下，她问严寒：“你今晚有事吗？如果没有，我们一起吃个饭，好吗？”

这下轮到严寒吃惊了，但他很快答应了下来。

喜悦餐厅里，丁邵峰和张主任还有一帮小年轻正推杯换盏地给小北祝贺生日，开玩笑之余大家总不忘拿丁邵峰这个模范丈夫打趣。张主任把这个荣誉归于贤内助安露，谁娶那样的老婆都会变成模范丈夫。丁邵峰不语，只是笑着不断抽动鼻子。

闹了一会儿，张主任去洗手间，刚出包厢门，便看到安露正站在门口，不由得笑了，刚才说到安露，安露就出现了，还真是巧。安露解释说和同事在楼下吃饭，记得丁邵峰说他们也在喜悦餐厅，就上来打个招呼。说着，张主任已经把她引进了房间。丁邵峰看到安露，一愣，她刚才不是说不来了吗？尽管惊讶，他还是热情地把安露介绍给同事，安露也十分得体地与众人寒暄，并且一起唱起了生日歌。

丁邵峰的电话忽然响了起来，他走到一旁接电话，那边的孟小凡张口便问：“我今天做了好多你爱吃的菜呢，你怎么还不来呀？”

丁邵峰暗叫不好，但脸上还不能表现出来。他清了清喉咙，慢条斯理地说：“不行，今天不行。”

“晚点来也不行吗？”孟小凡央求道。

“今天我们同事过生日，真的不行。”

“是不是你家人在？”孟小凡从他不同寻常的语气中似乎听出了什么。

“对，你说得对。”丁邵峰依旧是一副公事公办的语气。

“那好吧，”孟小凡无可奈何地说，但还是不甘心，又加了一句，“你想我吗？”

“当然啦。”

孟小凡知道再不能多说了，便挂了电话。丁邵峰如获大赦，继续装模作样地说：“好好，我这两天就把稿子交上，你放心，再见。”

挂了电话，丁邵峰朝众人解释：“出版社小于，催稿子，唉，没办法。”

安露仔细地看了他一眼，也跟着众人笑。丁邵峰把手机放进口袋，才感觉自己手心都出汗了。

安露跟众人一起唱完生日歌，告辞下楼，在包厢门口，遇见了上来找她的严寒。刚才她以吃饭为名，与严寒一起来到喜悦餐厅，刚坐定，她就上楼来找丁邵峰了，严寒一个人在楼下喝了半天红酒，还没见安露下来，只好出来寻找，正好碰上了安露与送她出来的丁邵峰。安露向两个人互相做了介绍。严寒一笑："既然你老公在这儿，我就不凑热闹了，咱们改天再约吧。"

"不好意思啊严大夫。"安露带着歉意说。

"没关系没关系。"严寒打着哈哈下楼走了，在楼梯拐角处，他回头看了一眼丁邵峰与安露的背影，冷笑了一声。

众人酒足饭饱，生日饭局就圆满解散了。张主任悄悄拉了一下走在后面的丁邵峰，两人走到一旁。

"刚才那是怎么回事？"张主任眼睛瞄着丁邵峰正在关机的电话。

"什么怎么回事？出版社小于催稿子，不是说了嘛。"丁邵峰笑答。

"你就别骗我啦，小于去日本了，你以为我不知道？"张主任嘴一撇。

丁邵峰心想怎么这么寸啊，他鬼笑着推了张主任一把，"走吧，走吧，就你想得多！"

回去的路上，丁邵峰想着张主任的问话，心里有些发虚，再看看身边一直默不作声的安露，更是没有底了。

想了想，丁邵峰问："老婆，你很久不跟我一起出来吃饭了，今天是为什么忽然过来找我了呢？"

安露把头从窗户那边扭了回来，淡淡一笑："你说为什么？"

"有两个原因，一是你不信任我了，二是你想拒绝那个不怀好意的同事……"丁邵峰转头看了安露一眼。

安露又笑，说："算你猜对了吧！"

"猜对了哪个啊？"

"嗯，两个都对吧！"安露笑着，忽然说，"老公，我爱你。"

“我也爱你，老婆。”丁邵峰一手扶着方向盘，另一只手把安露搂在了怀里。

与此同时，在初恋小屋里，孟小凡由站到坐，由坐到躺，手里一直放不下手机，丁邵峰的电话关机了，她只好一遍遍地发信息：邵峰，你为什么不理我，是我做错了什么吗？邵峰，我好想你，你不要不理我……

第五章 / 试探

昏　迷　不　醒

无边的夜色漫过车窗，整个大地沉浸在一片暗影中，街上行人寥寥，透着一种散场的感伤。不知道明天太阳升起时，世界会不会是另外一个样子。

01

清晨，走出家门的丁邵峰打开手机，满屏都是孟小凡的短信，透过文字仿佛都能看见泪水，他叹了口气，车子开向初恋小屋。

孟小凡一看到他便大哭了起来，她一夜未睡，就因为丁邵峰关机，得不到音信。

丁邵峰抱着她好一通安慰，才使孟小凡的情绪稳定下来。丁邵峰哄着孟小凡补个觉再去医院，答应她自己会一直坐在旁边陪着。孟小凡终于安心入睡了，丁邵峰看她睡着，悄悄起身，去了单位。

例会上，丁邵峰拿出了这几期节目的策划，张主任看到主题是背叛，笑说这个主题好，研究透彻了就什么都不怕了。

张主任这话虽是无心之言，丁邵峰听起来却觉得像是说自己，于是打着哈哈把话题带过去，正要与节目组展开讨论，孟小凡的电话又追了过来。

丁邵峰犹豫着接还是不接，看着大家都看他，只好接了起来，面对孟小凡对于他忽然离去的责难，他只简单回了一句：“我有事，晚点儿你再打吧！”

张主任朝大家挤了挤眼，像是在说，看，有点意思吧？

丁邵峰讪讪地收起电话，朝大家挥挥手，“嘿，一个朋友，大家继续，继续。”

安露在医院办公室，心情明显比昨天好一点儿了，但是看到严寒，她还是觉得不好意思，倒是严寒表现得很大度。

“我猜你老公昨晚一定很奇怪你会忽然出现在那里。”严寒笑眯眯地说。

安露一怔，随即笑了，点了点头。

“而且他一定给了你出现在那里的两个理由。”严寒继续说。这下安露有点儿不安了，他怎么什么都知道啊？

“行了吧，就你知道得多！”安露嗔怪说，但不敢看严寒的眼睛。

“我知道的不多，上帝才知道人类的一切，”严寒故作神秘地说，又笑道：“好了，不开玩笑了，你忙吧。”

安露嘀咕着走出了办公室，看到神色憔悴的孟小凡从对面走过来，就把她叫到了外面花园里，问上次提到介绍男朋友的事情，孟小凡考虑得怎么样了。

孟小凡摇摇头，眼圈有点儿红。

“发生什么事情了吗？”安露关切地问。

“没什么事，就是担心孟驰，现在顾不上其他的。”孟小凡依旧拿弟弟做挡箭牌。

“孟驰的身体还不要紧，我是医生我知道。我觉得，你还是先考虑考虑自己，该找个人帮你分担了。”安露一脸关切，孟小凡不知道该说什么，安露电话响了，她转身去接。

趁这个空儿，孟小凡把手机拿出来看，屏幕上和刚才一样，没有任何动静，一阵怨恨浮上心头，孟小凡抬起了头，对刚接完电话的安露说：“安姐，你要把谁介绍给我呀？”

“暂时保密，”安露一笑，“但绝对是个好男人。”

“那你就安排吧，我见见。”孟小凡很快说。

这下轮到安露吃惊了。

回到办公室，安露立刻打电话给安君，安排晚上见面的事情，严寒听到了，好奇地问："给弟弟介绍女朋友啊？"

"可不是，弟弟的终身大事，当姐姐的不操心能行吗？"安排好相亲事宜的安露，心里轻快不少，但愿那个孟小凡只是对丁邵峰动了情，还没有更进一步的行动，及时把她这个念头转移了，又撮合了她和安君，岂不是一举两得的好事？！

"可以问问，你介绍的是哪位姑娘吗？"严寒的问话打断了安露的小心思。

"孟小凡嘛，孟驰的姐姐，我们丁芋的音乐家教。"

安露话音未落，严寒吃了一惊："啊？"

"怎么？不合适？"安露一挑眉，看着严寒。

"合适，太合适了。"严寒笑着说，笑得耐人寻味。

下班的时候，丁邵峰打电话给安露问需不需要去接她，安露直接给了个饭店地址，让他去那里集合，说和安君几个人一起吃饭。丁邵峰也没有多想，便赶了过去。

打开包间门，丁邵峰一眼便看到了安君对面坐着的孟小凡，忽然想起前几日安露说要把她介绍给安君的事情，又是吃惊又是不安。他忐忑地看了孟小凡一眼，对方却躲开了，把视线放在了安君身上。

安君和孟小凡已经认出了彼此，因为寒冬的事情，他们曾有过一面之缘。孟小凡主动与安君攀谈起来。

"你今天怎么没穿警服啊？"孟小凡歪着头看着安君。

"啊，那个，我们也不是每天都要穿警服的……"安君腼腆地回答。孟小凡的热情与主动，反而使安君有些不好意思。但看得出，他对面前这个美丽大方的女孩子也很有好感。

"我觉得穿警服的男人特帅，特有安全感，要是我早些日子认识你就好了……"孟小凡毫不掩饰地说，安露笑了起来。

丁邵峰坐在一旁，孟小凡热切的眼光与话语像是一把把锐利的刀子，刺向他的心脏，他如坐针毡。幸好安君这个时候忽然接了个电话，单位临时有事要他回去，他不得已向大家告辞，才结束了这尴尬的局面。

安露送弟弟刚出门，丁邵峰便压低了声音质问孟小凡干吗凑这个热闹，还嫌不够乱吗？！

“安姐要给我介绍男朋友，我怎么好回绝，再说，我没有男朋友啊。”孟小凡理直气壮地说，丁邵峰哑口无言。

晚间回去的车上，安露问丁邵峰自己把孟小凡介绍给安君怎么样。丁邵峰含含糊糊地说：“挺好。”

丁邵峰想转移话题，安露却死抓着不放，她沉吟着说：“不知道孟小凡喜不喜欢安君，但安君一定会喜欢孟小凡。”

“那为什么啊？”丁邵峰好奇。

“因为孟小凡是所有男人都喜欢的那种女孩子啊。”安露笑着看着他。

“哪里啊，怎么可能，瞧你说的……”丁邵峰也笑，但有些不自然。安露没再说话，转过头去，沉思着什么。

无边的夜色漫过车窗，整个大地沉浸在一片暗影中。街上行人寥寥，透着一种散场的感伤。不知道明天太阳升起时，世界会不会是另外一个样子。

夫妻俩各怀心事，车子向家的方向驶去。

02

孟驰躺在病房里，回想着那个严寒大夫给自己讲的《圣经》故事。严寒告诉他，自从亚当夏娃吃了不该吃的果子，罪恶的欲望便种在了心里。人类这一生都是在为自己赎罪。比如孟驰生病，就是一种赎罪的方式。孟驰似懂非懂的，但他想起了寒冬，寒冬对自己那么好，却忽然离开了人世，他也是在赎罪吗？

不管怎么样，寒冬是这个世界上除了姐姐以外自己最信任的人，孟驰每晚都会梦到寒冬。他把这件事情告诉了严寒，希望从严寒嘴里听到些安慰自己的话，但严寒却怔了一下，点点头，低声说："他是个好人。"

严寒从孟驰病房回来，安露正在收拾东西准备提前下班，见了他匆匆打了个招呼便走了。今晚有重要的事情，安露边走边打电话让丁邵峰也早点儿回来吃晚饭。

丁邵峰虽然答应早点儿回家，但忙完走出电台时，夜色已然华灯盛放。他刚取到车，便收到一条短信，这是一个陌生的手机号码，短信内容如下：

今晚八点到红玫瑰西餐厅来，不然你一定后悔！

丁邵峰看了下表，已经七点半了，这条短信是谁发的呢？到底是什么意思？想到孟小凡晚上要在红玫瑰唱歌，他决定过去看一下。

走到酒吧，正好听到孟小凡的歌声，孟小凡在台上唱着，眼睛也扫到了丁邵峰，点了点头，继续演出。丁邵峰看也没什么事情，准备等孟小凡这一曲唱完打个招呼就走，于是便随便找了个座位坐了下来。

孟小凡一曲唱毕，眼睛寻找到了丁邵峰的座位，刚要下台走过来，前台几个流里流气的男人站在下面挡住了她。

"美女，唱得不错嘛，再来一曲？"为首一个瘦高个儿笑嘻嘻地说。

孟小凡没理他，绕到旁边，又被另外一个长发的青年拦住了。

"别走嘛，叫哥们儿好好看看你。"

说着，长发青年拉住了孟小凡的衣襟。孟小凡急了，奋力挣脱，衣服差点给扯烂。丁邵峰再也忍不住了，他三两步奔了过去，把孟小凡拉到自己身后，朝那两个混混喝道："干什么你们，你们想干什么？"

"你管我们干什么，你算哪根葱？"对方两人也毫不示弱。

孟小凡吓得躲到了丁邵峰怀里，声音颤抖地叫他赶紧走，别惹事儿。

“都别走啊，我已经报警了……”眼看混混儿一蹿一蹿要近前来，丁邵峰用手指着两人，虚张声势道。这个时候，铁宏也领着几个人从楼上下来，两个混混儿见状不妙，嘴里骂骂咧咧地离开了。

铁宏一看丁邵峰怀里的孟小凡，吃惊道：“这是咋了？妹子，谁欺负你了？这人是你男朋友吧？”他指着丁邵峰问，孟小凡没有吭声。

旁边有人告诉了铁宏事情始末，铁宏从口袋里掏出一沓钱递了过来，叫孟小凡压压惊。

“不用了，我现在带她回去休息一下就行了。”丁邵峰伸手制止了他。

“那好那好，回去吧妹子，好好休息休息啊！”铁宏大度地说。

看着丁邵峰搀扶着孟小凡离去的身影，铁宏脸上露出了难以捉摸的表情。他抬头朝正对着舞台二楼的楼梯拐角看去，那里站着一个人，一只手拿着相机，另一只手比画出 OK 的手势。

丁邵峰先把孟小凡送回家，自己到家刚推开门，就看到了背对着门呆坐的安露。她的身旁，放着一个小小的生日蛋糕。丁邵峰这才想起安露电话里叫自己早回来的原因，而且意识到自己犯了一个不小的错误。他赶忙来到安露身旁，满怀歉意地说：“对不起呀老婆，我把这个给忘了，晚上有点儿事情……”

“丁芋一直盼着这个生日，今晚她等了你一个晚上。”安露的声音很疲惫。她今天下午提前请假回家，做了一大桌子菜等丁邵峰，想不到他连这么重要的日子都给忘了。

丁邵峰费力地咽了一口唾沫，不知道该怎么解释好，安露却已经起身回房了。

一直到丁邵峰躺到了床上，安露都保持着背对他的姿势，一言不发。丁邵峰心里忐忑不安，一面记挂着受惊的小凡，一面又不知道怎么安慰生气的老婆，一整夜都没睡好。

但让丁邵峰万万没有想到的事情还在后面。第二天一大早，正开车上班的丁邵峰忽然接到了张主任的电话，开口便问他有没有看今天的报纸。

“什么报纸啊？上面有你的新闻？”丁邵峰开玩笑地说。

“有你的新闻！”张主任没好气地回了一句，挂断电话。

丁邵峰赶紧停下车。正好前面有个报亭，报亭前还围着好些人，他下车刚走了两步，便听到前面有个人正在念报纸上的标题：

“著名节目主持人丁邵峰夜会神秘女郎。”

再看报纸上，自己搂着孟小凡的大幅照片与那个夸张的标题亲密地挨在一起。丁邵峰眼前一黑，赶紧转过头往车上走去，尽管他走得很快，议论的声音仍旧不断地灌进耳朵。

“这主持人天天在节目上说出轨，原来自己也出轨呀，哈哈。”

“他们这帮人都是说一套做一套的，表面道貌岸然，其实私底下……”

“哎，你说他老婆知道不知道这事儿啊？”

丁邵峰逃也似的回到了车上，张主任的电话又来了。

“这到底是怎么回事啊丁邵峰，你倒是给我个解释啊……这样，你赶紧来台里，我在办公室等你，快点！”张主任急得不行，丁邵峰无语地挂了电话。

刚到电台门口，一帮记者又围了上来，甲张口就问：“请问您和那位神秘女郎是什么关系呢？”

乙的问题更尖锐：“请问你为何在主持情感节目的同时自己的情感也出轨呢？”

丁邵峰气得一句话也说不出来。他朝不远处的保安比画了一下，保安这才如梦初醒地把他从人群中拽了出来，护送进了电台大楼。

丁邵峰站在楼梯角落里冷静了一会儿，脑中仍旧毫无对策，只好硬着头皮走进了张主任的办公室。

“你总算来了，赶紧给我汇报下吧。”张主任没好气地说。

“我没什么好说的，你了解我。”丁邵峰烦躁地在屋里走来走去。

“我是了解你，可我也知道，人都是会随着环境变化的。”张主任意味深长地说。

现在的问题在于，如果丁邵峰只是丁邵峰，那么他杀人放火也只是他一个人的事情。可是他现在不一样了，丁邵峰是这个城市的著名主持人，主持着一档收听率很高的节目，他代表的就不是他自己了，现在人家提到这件事儿，只会说《心路》节目主持人丁邵峰出轨，这个后果可不是简单一句“没什么好说的”可以承担的！

丁邵峰何尝没有想到这些，但眼下的他一筹莫展，只能走一步算一步，祈祷事情别往更坏的方向发展了。

从张主任办公室里出来，丁邵峰没好意思回自己的办公室，他想起了孟小凡，不知道她现在什么状况，就来到了初恋小屋。孟小凡果然等在那里，看到他推门进来，赶紧把什么东西塞到了身后靠垫下。

“你在看什么？”丁邵峰问。

孟小凡摇摇头，乖巧地笑：“没看什么呀。”

丁邵峰从靠垫下拿出了报纸，扔到了茶几上。孟小凡低下了头，她觉得自己这次给丁邵峰惹出了大事，为此他一定会很生气，说不定会大发雷霆。可不想丁邵峰并没有说什么，而是告诉孟小凡，他觉得红玫瑰西餐厅那个地方不安全，以后还是不要去那里唱歌了，他能负担起孟小凡的生活。

孟小凡不这么想，工作对于她不仅只是收入问题，更是一种充实而快乐的生活方式。再说铁宏对她那么照顾，这次遇到小流氓只是偶然事件，以后小心点儿就是了。

丁邵峰找不到反驳的理由，也就默许了。两人看着报纸上的照片，沉默了一会儿，丁邵峰忽然说：“我当时要是笑笑就好了。”

孟小凡“扑哧”一下笑了，“那咱们就拍一张笑的。”她早就想跟丁邵峰拍张合影，只是怕丁邵峰不乐意，所以一直没说出口。

丁邵峰想了想，搂住了孟小凡的肩膀，两人在沙发上对着孟小凡的手机，拍下了他们的第一张合影。

03

安露一大早就有手术，从手术台上下来，已经快中午了。她刚走到办公室，严寒便端出了一杯刚沏好的茶递了过来，问她手术情况怎样。

“挺顺利的，就是家属紧张得不行。”安露接过茶，喝了一口，顺势坐在了桌子前，翻开了晨报。

忽然，安露的手僵住了，她的目光落在丁邵峰与孟小凡的照片上，几乎不敢相信自己的眼睛。

“怎么了？”严寒走了过来，安露赶紧把报纸翻了过去，装作若无其事的样子，但是严寒却把报纸重新翻了过来，把那篇带着照片的新闻报道放在了最上面。

“你看这个女孩像谁——我前几天说什么来着……”严寒居高临下，用下巴点着那照片说。

安露急忙抢过话：“别瞎猜，邵峰他现在有了一定知名度，记者自然会捕风捉影了，一张模糊的照片能说明什么问题啊？”

“哈，”严寒笑了，“我真佩服你的冷静与宽容。”

“那你说，这女孩像谁？”安露沉不住气了。

“其实你知道，你只是想从我这里确认，”严寒凑近过来，压低了声音，然而又很清晰地说出了三个字：“孟小凡。”

丁邵峰一直在想如何面对安露的质问，不想安君先把他约了出来。

来到安君等他的茶楼，安君二话没说就问丁邵峰昨晚是不是去了红玫瑰西餐厅。丁邵峰明白了他的来意，但并没有慌张，而是拿出手机，给安君看了昨晚那条匿名短信。

“我就是收到了这条短信，才去的，刚好碰上孟小凡被人欺负，你说我能袖手旁观吗？”丁邵峰理直气壮的，叫安君记下号码，查查这是怎么回事儿。

安君犹疑地看看短信息，又看看丁邵峰，问：“你跟孟小凡，没什么吧？”

“说什么哪？”丁邵峰忙否认，“她是丁芋的老师，我跟她能有什么啊？要是有什么，能给你介绍吗？”

听丁邵峰这样说，安君放心了。说实话他还真喜欢上孟小凡了，他问丁邵峰觉得两人有戏没戏，丁邵峰心虚地打着哈哈，说挺合适的，各方面都挺合适。安君趁机说自己想再约孟小凡出来，加深了解。丁邵峰不能直接泼冷水，只好绕着弯儿说这得看女方的意思，回去他让安露先探探孟小凡的口风，再安排约会也不迟。

安君觉得这话不无道理，把此事托付给了丁邵峰，两人就此告辞。

丁邵峰回到家里，安露一直也没有提报纸上的事情，丁邵峰反而越来越不安，他索性坐了下来，把跟安君说的那些话又对安露重复了一遍。

丁邵峰的解释让安露一下释然了。安露很理解，丈夫现在是名人了，难免会有人看不惯他。上次丈夫受伤时她就觉得是有人想害丁邵峰，安君还说她多想了，现在这匿名短信的事情更加证明了自己的猜测没错。安露非但没有怀疑，反而劝丁邵峰以后要加倍谨慎。

“你呀，就照顾好自己，千万注意安全。家里的事，有我呢！”

听了安露恳切而大度的话，丁邵峰感动地握着妻子的手，久久说不出话来。

因为记挂着安君的话，丁邵峰又来到孟小凡这里，询问她对安君的态度。孟小凡自然一心都在丁邵峰身上，再说她跟谁好也不能跟安君好啊，她一定会找机会拒绝安君的。

“其实要是跟安君好了，跟你在一起的时间还能长点。”孟小凡忽然半真半假地说，丁邵峰瞪起了眼睛，孟小凡赶紧安抚他，说自己是开玩笑，自己只想跟丁邵峰好，一辈子都跟他好，只是……

面对未来，两人都沉默了。

晚间，《心路》节目按时播出，张帆念过开场白后，丁邵峰依旧不在状态，回答问题显得很敷衍，惹得张帆不断皱眉看他。但丁邵峰似乎浑然不知，捧着茶杯，木然地盯着话筒看。

又一个电话打了进来，是个年轻的女孩子，她说："我刚才跟心爱的人在一起，现在他走了，我知道他很忙压力很大，我也不求别的，只要能和他面对面坐着，就很幸福了……"丁邵峰的手抖了一下，茶杯险些滑到桌子上。

"请问您贵姓？"丁邵峰忽然打断了对方。

"我……姓孟。"对方犹豫了一下。丁邵峰在第一时间便已经听出了孟小凡的声音，他只是不敢相信，这下更加确认无疑。

张帆又看了丁邵峰一眼，一定是报纸上的那些新闻让丁邵峰乱了心神，不然他今天不会这么反常。

"您刚才说的这些，是想要问我什么呢？"丁邵峰问孟小凡。

"我不想问什么，我只是想找个懂我的人说说。丁老师，假如您站在我心中最爱的那个人的角度，您会怎么想呢？"

丁邵峰艰难地咽了一口唾沫，回答说："如果……如果我是你们中的一个，我希望，能平静地感受这份感情……"丁邵峰说不下去了，电话那头的孟小凡似乎领会到了他的意思，接过来说："谢谢您丁老师，我知道该怎么做了，因为我真的很爱他。"

丁邵峰忽然无法自控，他摘下耳机走出了直播室，在玻璃窗外导播们的侧目中，有经验的张帆及时对孟小凡说了几句祝福的话语，接着便插播了广告。

走廊上，丁邵峰闷声不响地抽烟，眉头紧紧皱成了一个疙瘩。

孟小凡攥着手机，独自一人走在回初恋小屋的路上，路灯拉长了她的背影，显得格外孤单。

这些日子，孟驰的病情趋于稳定，加之自己的感情纠葛，不知不觉中孟小凡减少了来医院陪护的次数。但孟驰并不孤单，因为严寒经常有事没事过来跟他聊天，两人聊《圣经》故事，聊人生，聊泥塑，相谈甚欢。严寒看着孟驰正在雕塑的孟小凡的头像，感叹他有个好姐姐，叫孟驰以后一定不要忘了好好报答她。

“那是，我出院了以后，一定让姐过上好日子。”孟驰停下了忙碌，朝严寒一笑，露出一口白白的牙齿。

严寒点点头。

“嗯，报答你姐姐，也不要忘了回报那些伤害过我们的人。”严寒的声音忽然变得冷冷的。孟驰收起了笑容，奇怪地看了他一眼。

丁邵峰开着车走在回家的路上，脑海里一直寻思着今天孟小凡的那些话，此时一条短信发了过来。

“如果我让你留下，你会留下来吗？”

信息来自孟小凡，丁邵峰放慢了车速，想了一下，删除了那条信息，但是那个问句，却像一块烧红的铁，烙在了他的胸口，使他无法集中精力。

04

从安君那里得知他对孟小凡感觉很不错，还想继续更进一步发展，安露很欣慰。自己的努力总算没白费，既给弟弟物色到了一位合适的女朋友，也消除了自家的隐患，一举两得。恰逢医院又把一项专项科研资金拨给了他们科室，安露的工作重点从治疗病人转移到了学习研究上。严寒主动表示，安露的病人他一定会尽心尽力，让安露放心地去搞科研，安露感激之余，感觉身上的担子一下轻了不少。

安君提醒姐姐，不要太扑在工作上。丁邵峰现在是名人了，安露作为妻子，更应该多关心他一些。安露知道，弟弟这是担心丁邵峰成名之后有什么变化，但以她对丈夫的了解，丁邵峰不是这种人。是的，他很优秀，有女孩子喜欢他也很正常，但他的心始终是在安露这里，在家这里的。

因为难得清闲一些，恰巧丁芋的姥姥也打电话说很久没有一家人团圆了，这个周末，安露决定全家回母亲那儿吃顿饭。

丁邵峰接了女儿之后就赶往医院接安露，正好遇见安君顺路也去接姐姐了，几个人说笑着走到医院门口，丁芋忽然瞧见了孟小凡，欢快地跑了过去，把她拽到了爸爸妈妈面前。

孟小凡与安露打招呼，丁邵峰别扭地把头转到了一边，安君则在旁边，热切地盯着孟小凡。安露看出安君的意思，便邀请孟小凡一起回母亲家吃饭，孟小凡推说一会儿还有演出，赶紧与他们告辞了。

在丁芋姥姥家，姥姥听说丁芋找到了合适的音乐家教，儿子安君也有了喜欢的姑娘，心事全放下了，乐得合不拢嘴，一家人其乐融融地吃了一顿饭。只有丁邵峰，想到刚才与孟小凡分别时她看到自己幸福的一家时那哀怨的眼神，心里很不是滋味。

正发呆，手机在口袋里响了起来，丁邵峰掏出一看，屏幕上显示的正是孟小凡的电话，他一个激灵站了起来，惹得对面几个人都莫名其妙地看着他。

丁邵峰抱歉地笑笑，小心地接通电话。

“忙吗？我想跟你说说话。”孟小凡低声而温柔地说。

“噢，请你转告王编辑，我今晚不能过去了。”丁邵峰一本正经地说，说罢就挂了电话，抬头看安露正瞧着自己，就笑着说：“出版社编辑，叫我去吃饭呢。这些电话真烦人，关机算了。”

说着，丁邵峰关了手机，安露这才转过头又跟母亲聊了起来，丁邵峰悄悄擦了擦额头上的冷汗。

孟小凡又是一夜未眠。昨晚她拨打丁邵峰的电话被挂断之后，他的手机就关机了，她是多么想和丁邵峰说说话啊，丁邵峰怎么就不理解自己的这种心情呢？

孟驰的病房中，严寒正在为孟驰检查身体。现在他成了孟驰的主治医生了。严寒看到背着吉他的孟小凡走进来，跟她打了个招呼，并开玩笑说早知道孟驰的姐姐多才多艺，不如今天演奏一曲给他听听。

“改天吧，吉他有些问题，就要拿去调的。”孟小凡莞尔一笑，问孟驰的身体情况如何，严寒朝她努了努嘴，示意出去说。

两人来到走廊深处，严寒告诉孟小凡，孟驰的病情还是不容乐观。

“可是你刚才检查时不是说恢复很好吗？再说安大夫也说我弟弟的身体情况已经不错了，过几天就可以出院了呀！”孟小凡急了。

严寒做了个让她冷静的手势，“你也知道，你弟弟得的是重症肌无力。这是一种自身免疫性疾病。这类疾病的特点之一就是病程呈慢性迁延性，缓解与恶化交替。虽说他现在已经达到临床上的痊愈，但不能保证他的病情不会反复。”严寒语重心长。

“严大夫，你的意思是？”孟小凡有些焦虑地问。

“这类病需要一个很长的缓解期。表面上他和别人完全一样，可病人情绪一旦不稳定，过度悲伤或生气甚至说感冒，都有可能使病情加重。所以，最好不要急着出院，再观察一段时间为好。”

孟小凡咬着嘴唇，没有说话。

“这也是安大夫的意思。”严寒看着她，又加了一句。

孟小凡点了点头，“那就再观察一段吧，您多费心了！”

“别客气，这是我应该做的，我一定尽自己所能，治好孟驰的病，”严寒说着，摘下眼镜擦了擦，“孟驰的病，我最了解，因为我已经治疗两年了。”

孟小凡想到被病魔折磨了这么长时间的弟弟，低下头叹了一口气，她忽然觉察出刚才严寒的话里似乎有什么不对劲儿的地方，可是一抬头，严寒已经不见了。

孟小凡回到病房，孟驰便问她自己到底什么时候可以出院，他想赶紧回家去，在这里待得要闷死了。孟小凡只好安慰弟弟，说只要他稳定情绪配合治疗，很快就能出院回家了。

走出医院，孟小凡再也按捺不住内心狂热的思念，直接来到了电台找丁邵峰。

在会客室，丁邵峰看到孟小凡找到了这里，又是吃惊又是慌乱。

“你怎么来这里了呀？”

“我打电话你关机，我想你。”孟小凡撒娇。

丁邵峰急得不知道说什么好。这里是单位，到处都是熟人的眼睛，万一给哪个看到就坏事了。

“中午去找我吧，我给你做饭。”孟小凡悄声说。

“不行。”

“那晚上呢？晚上吧，我等你。”孟小凡央求着。丁邵峰不忍心看她那双满是期待的眼睛，只好胡乱点了点头，再度催促孟小凡赶紧离开。

孟小凡不走，微微仰头，拿眼睛瞟着丁邵峰。丁邵峰理解她的意思，左右张望了一下，迅速俯下头，蜻蜓点水般亲了孟小凡一口，孟小凡这才心满意足地离开了。

回去的路上，孟小凡还在回味刚才那甜蜜的一幕。电话响，还以为是丁邵峰，满心甜蜜地“喂”了一声，才听出对方是安君，他问孟小凡晚上是否有空一起吃个饭。

孟小凡明白安君对自己的感觉，但对于他的好意，孟小凡却不能接受。

“晚上我还要工作，不好意思，改天吧。”孟小凡拒绝了邀请。她听得出电话那边的安君很失望，可是她没有办法。但愿安君能领会到自己的意思，不要再在自己身上浪费时间了。

安君挂了电话，他有些弄不懂孟小凡的意思，因此闷闷不乐。如果孟小凡不喜欢自己，那第一次约会时的亲热与主动又是从何而来呢？还有，她与姐夫的新闻，真的只是一场误会？安君又想起因为寒冬车祸第一次与孟小凡见面的情形，隐约觉得有什么不对劲，他调出了寒冬的档案查看，寒冬阴郁的脸像是在哪儿见过似的。

“小刘，你再给我查一下这个寒冬的亲属和社会关系。”安君忽然朝身旁的同事吩咐，小刘应了一声，忙去了。

安君拿起一旁的外套，开车来到医院，径直上楼到了安露的办公室，安露看到弟弟很意外。

“你怎么有空来了？”

“没事，路过你这里，就上来看看。”安君转悠着，走到了对面严寒的桌前，扫视着桌面上的陈设。

“没事就多约约孟小凡啊。”安露嗔怪说，她觉得弟弟在这方面还是太没经验了。

安君敷衍地应着，正要走，李佳煜走了进来，她与安君是高中同学，一看到安君，眉开眼笑地说起了不久后要召开校友会的事情，问安君是不是也去，俩人可以一起。

安君没有心思考虑这些事情，说自己到时候不一定有空。李佳煜显得很失望，又提到班上某某结婚生了孩子，某某升迁做了官。安君不耐烦，又不好意思打断，直到安露打趣说：“要不要我回避一下，让你们彻底叙叙旧？”李佳煜好像才意识到还有第三者在场，红着脸跟安君说了句再见，溜出了办公室。安君也跟安露打了个招呼，离开医院。在路上，安君接到同事小刘的电话，说查了寒冬的档案，发现他是几年前才从省城搬到新州，具体的情况估计省城那边能查到。

第六章 / 抉择

昏 迷 不 醒

在对的时间遇见对的人，是一生幸福；在错的时间遇见对的人，是一声叹息：在错的时间遇见错的人，是一种荒唐……

01

《心路》节目直播前，丁邵峰打了个电话给安露，说今晚电台有研讨会，可能晚点儿回去，叫安露不要等自己，先睡就是了。安露没说什么，只嘱咐他当心身体，便挂了电话。

“丁老师您好，我和她在一起三年了，我很喜欢她，她很懂事，从来没给我的家庭找过麻烦。我老婆一直没有察觉。可是我最近觉得越来越累，非常累，每天说谎话，提心吊胆，精神紧张，生怕哪里说错就露馅了……我很痛苦，非常累！我想结束这种生活，可是我不想伤害妻子也不想伤害她。”

又一位听众就出轨的话题说出了自己的困惑，丁邵峰深深地叹了一口气。

“我理解你的痛苦，”他一字一句地说，“这颗痛苦的种子，自三年前你们认识时就已经埋下了，你要问我该怎么做，我也不知道。我想，如果你要结束这种痛苦，就要做一个选择，而选择，是最难的。”

安君开着车，随手打开收音机，里面正好传来丁邵峰的声音，他便继续听了下去。

孟小凡也在收音机前，陶醉地听着节目。上一个听众的经历像是在她内心投下了一颗小石子，让她再也无法按捺住情绪，她又打进热线。

“丁老师你好，”这句问候刚传到丁邵峰的耳朵里，就惊起了他一身冷汗，但在女主持张帆的注视下，他还得保持镇静，若无其事地由孟小凡讲下去。

“我爱的那个人已经结婚了，我不想打扰他现在平静的生活，一次次地克制着自己的情感，可是最近我发现自己越来越难克制了，每当看到他和家人在一起，我心里就会涌起一种强烈的冲动……”

丁邵峰痛苦地垂下头，可他不能沉默太久，便开口说：“在对的时间遇见对的人，是一生幸福；在错的时间遇见对的人，是一声叹息；在错的时间遇见错的人，是一种荒唐……如果我是你说的那个男人的话，我宁愿承担一切痛苦来换取你的快乐。人是理智与感情并存的动物，如果不想痛苦，那就多用一些理智……”

孟小凡失望地挂断了电话，丁邵峰的回答显然不是她想要的。但丁邵峰的话却引起了安君的注意，他在开车的同时，陷入了沉思。

孟小凡懒洋洋地躺在沙发上，盯着一桌子做好的饭菜，起身给自己倒了一杯酒，一饮而尽，仿佛还不过瘾，又来了一杯，接着又是一杯……

丁邵峰下班过来，闻到了屋里浓重的酒味，不高兴地问她为什么喝酒。

孟小凡不回答，脚步踉跄，神色迷离地反问道：“你说的错的时间遇见错的人，什么意思？”

丁邵峰拿过酒瓶放在了一旁，孟小凡颓然坐下，喃喃道：“在我这里，没有什么错的，都是对的。邵峰你知道吗？你每次只在我这里待几分钟就走，你回家了，剩我一个人，你知道我有多难受吗？”

“对不起。”丁邵峰低下头，不敢面对孟小凡的质问。

孟小凡倒在了他的怀里，今晚她不许丁邵峰那么早走了，她要他抱着自己直到睡着。她还希望，过几天自己的生日能和丁邵峰一起度过。丁邵峰怀着歉疚一一答应，孟小凡笑了，她低声说：“我爱你，邵峰。”

“我也是。”丁邵峰在她脸上轻吻了一下。

孟小凡沉沉睡去，丁邵峰把剩下的酒灌进了自己的口里，无论如何，自己欠这个纯洁善良的姑娘太多了，每次都是匆匆来匆匆去，只留给她无尽的盼望与等待。该怎么补偿呢?

有了，既然孟小凡的生日快到了，就送她一份生日礼物吧！可是送什么好呢?丁邵峰一向不擅长这个，平日送礼的事情都是安露操办，且总是安排得井井有条，他压根儿没费过心，但要是给孟小凡送生日礼物，总不能也问安露吧?

第二天在办公室里，丁邵峰还在思索着礼物的事情，看到张帆走了过来，他有了主意。

“张帆啊，我想问问你，女孩子一般喜欢什么样的生日礼物?”

“那要看多大的女孩子了。”张帆很热情。

“二十二三岁吧。”丁邵峰含糊地说。

“这个年龄的女孩子喜欢实在点的礼物，送那些毛绒玩具之类的就不行，你可以送她服装啊，饰品啊之类的，准没错。”张帆蛮有把握地说，又问：“谁啊?”

看到张帆神秘的笑容，丁邵峰忙笑说：“安露的同事，别瞎想了。”

“噢——”张帆拖长了声音，“要是送同事还行，要是送情人，那就不好说了。”说罢，自己笑了起来。

丁邵峰只好也跟着笑。

孟小凡生日那天，趁着中午休息，丁邵峰来到了市中心一家商城的金饰柜台，选了一条今年最新款的项链。项链设计得很漂亮，他能想象到，孟小凡修长美丽的脖颈戴上它的样子，一定格外迷人，于是兴冲冲地拨通了孟小凡的电话，但不知道为什么，电话刚一接通，就被挂断了。

丁邵峰思索了一下，又给安露打了个电话，说今晚可能晚点儿回去，安露一听就急了：“最近怎么总是这样?”

丁邵峰耐心地解释说今晚有个很重要的会，全台都要参加的，谁也逃不掉，而且说不准什么时间才能开完，他保证，会议一结束就第一时间赶回去。

“那好吧，”安露无奈地说，“那你回来吃晚饭吧，吃完再回去开会。”

“不行，老婆，我们说好同事一起吃的，没办法。”丁邵峰尽量让自己的话语透着一股平静的无奈，安露只好作罢。

下班之后，丁邵峰揣着首饰盒来到了初恋小屋。他敲了好几次门，孟小凡才把门打开，丁邵峰没有发现孟小凡的异样，他只是第一时间兴奋地说：“生日快乐！”

丁邵峰期待孟小凡能给他一个甜蜜的拥抱或者亲吻，但孟小凡只是笑着说了声谢谢，便把丁邵峰拉进了房间。餐厅的桌子上，摆着几个小菜和一瓶红酒，孟小凡点上蜡烛，烛光摇曳生辉。

孟小凡想去关灯，丁邵峰阻止了她，从口袋里掏出那条项链，为孟小凡戴在了脖子上，孟小凡摸着项链，眼睛里满是感动，她张了张嘴，欲言又止。

“喜欢我送你的生日礼物吗？”丁邵峰问。

“嗯，”孟小凡点头，“我也要送你一份礼物。”说着，孟小凡走进了卧室，并关上了门，又打开：“稍等几分钟，不许进来！”

丁邵峰坐在餐桌前，脸上带着微笑，他不知道孟小凡葫芦里卖的什么药，但哪怕是毒药，他也会一口不剩地全喝光。不过话说回来了，孟小凡怎么会舍得给他毒药喝，她那么爱丁邵峰！也正是因为这份过于珍重的爱，丁邵峰才决定今晚无论如何都要陪孟小凡过一个好好的生日。

几分钟后，卧室的门“咔嗒”响了一下，丁邵峰以为孟小凡出来了，但没有看到人，只听到了她的声音。

“邵峰，你闭上眼，我叫你睁开的时候再睁开。”

“好吧。”丁邵峰乖乖闭上了眼睛。

随着“咔嗒咔嗒”的鞋底敲击地板的声响，孟小凡站在了丁邵峰面前。

“你穿了高跟鞋了。”丁邵峰说着睁开了眼睛，但与此同时，他感觉一阵头晕目眩，身上的血液似乎都要凝固了。

02

站在丁邵峰面前的孟小凡，一改往日脂粉不施清爽靓丽的装扮，像是换了一个人似的。她穿了一套职业装，脸上薄施粉黛，刚才的马尾披散下来，显得格外妩媚动人。

“你……你这是干什么？”丁邵峰愤怒地叫。

孟小凡缓缓举起手里的一本书，幽幽地问：“像吗？你是不是一直把我当成她，所以才跟我在一起？”

丁邵峰大惊失色，嘴唇翕动着，却什么都说不上来。他转身冲出了房门，也忘了开车，就在马路上奔跑了起来。

那本书，和这间初恋小屋一样，锁着过往的回忆。书是丁邵峰写给初恋情人的纪念册，扉页就印着那个叫秋伊宁的女孩子的照片，照片上的秋伊宁，就是和今天孟小凡一模一样的打扮。

原来孟小凡想到今天丁邵峰陪自己过生日，就想好好打扫下房间，不料从床头小桌的抽屉底层，翻出了这本书。

读完之后，孟小凡心头生出了前所未有的震惊与恐惧。丁邵峰曾经说过，她跟自己以前的女友很像，原来是真的！而让她万万想不到的是，从这本书里看，丁邵峰竟然对这个叫秋伊宁的女孩倾注了如此多的爱，可以说，她一直都藏在丁邵峰心底。而自己与丁邵峰深爱的女人相像，这到底是幸运还是不幸呢？！如果说不幸，可没有这个相像，自己怎么能与他相爱；可要说到幸运，她能肯定丁邵峰爱的是自己，还是自己仅仅只是那个初恋情人的替代品呢？

这个想法让孟小凡不寒而栗，所以才用了乔装打扮成秋伊宁的方法来试探丁邵峰，而此时丁邵峰的态度，让她心如刀绞。

丁邵峰在马路上狂奔着，不顾路人侧目。他只觉得胸口像有一团火在燃烧，初恋情人与小凡的影子交替在脑海里晃动，小凡的质问还响在耳边："你到底爱的是我，还是把我当成了她？"

丁邵峰回答不上来。也许他一开始就想到了今天的局面，但他极力在逃避这个问题，这个场面一天不发生，他就尽量不去触碰。

让丁邵峰万万想不到的是，这仅仅只是多米诺骨牌倒下的第一张，随之而来的，将是更大的变故。

这一边在家里，安露正在研究学习资料，丁芋跑了过来，缠着妈妈问小凡阿姨什么时候来。安露告诉女儿，小凡阿姨周末才能来，丁芋这才放心地去睡了。安露看到女儿比以前活泼开朗多了，欣慰地笑了。

桌子上的电话忽然响了起来，安露以为是丁邵峰，接起来，却是一个陌生的男人，找丁老师。

"他不在家。"安露礼貌地说。

"噢，那等他回来了叫他给台里老王回个电话。"那人说完，要挂电话，安露忽然想起了什么。

"喂，"安露叫那人，"你们今天台里不是开会吗？"

"今天？没有啊。"

安露一惊，身体紧紧靠在了沙发背上，直到话筒里传来滴滴的声音，才失魂落魄地挂了电话。

不知道过了多久，丁邵峰回来了，安露发现他异常疲惫，问他怎么了？

丁邵峰疲倦地摆摆手，脱下大衣交给安露，说自己太累了，感觉身体有些不舒服，就去休息了。

安露狐疑地看着丁邵峰的背影，拎着他的大衣准备挂到衣架上，一张叠得整整齐齐的纸条从大衣口袋里飘了出来。

安露拾起纸条，展开，是一张金店项链的发票。她的脑海里再度出现了一个大大的问号。走到卧室里，丁邵峰已经睡着了，安露也躺下，却怎么也睡不着。

第二天，安露在走廊里碰到孟驰，看他挺高兴地摆弄一个 MP3，还说是姐姐送的礼物，便顺口问了一句："你生日啊？"

"不是，我姐姐生日，我沾光。"孟驰晃晃手里的耳机说。

安露转头，心里猛地一沉。

晚上准备吃饭的时候，丁邵峰回来了，他看到安露奇怪的目光，解释说今天台里不忙，所以就回来了。

安露没有说话，丁邵峰想了想，又说："这一段都不会太忙了，以后尽量都回家吃饭。"

安露笑了笑，摆好了碗筷，一家三口好久没有这样其乐融融地在一起吃饭了，丁芧显得挺高兴。

正吃着，安露忽然问丁芧："你最近是不是又跟姥姥顶嘴了？"

"没有啊。"丁芧低头扒着饭。

"真的吗？"安露停下筷子，看着丁芧，"丁芧，我从小就教育你，撒谎不好，撒谎的人最后害的都是自己，谁都不能撒谎，难道你忘了妈妈的话吗？"

丁芧一声不吭。

"丁芧啊，妈妈告诉你，人都会犯错。你会犯错，妈妈会犯错，爸爸也会，"安露看了一眼丁邵峰，"关键是犯错了要承认，《狼来了》的故事最后害的是谁啊？犯了错，只要勇于承认，就还是好孩子！"

一旁的丁邵峰有些心虚，安露是在教育孩子，可那字字句句都像是钢针在扎向自己。他忍不住打断了安露："怎么回事儿啊，你这样说孩子？"

"嗯，丁芧又跟姥姥顶嘴了，还不承认，我教育她不能撒谎。"

丁芧低下了头，小声说："妈妈，我错了。"

"赶紧吃饭吧，菜都凉了。"丁邵峰赶忙打着圆场，风波平息，三人继续吃饭，但丁邵峰心里的风暴却还在喧嚣不止。

晚上睡觉前，丁邵峰与安露并排躺在床上，谁也没说话，气氛有些怪怪的。丁邵峰想打破这种不正常的感觉，却又不知道说什么好，终于安露开口了。

“你最近脸色那么差，是不是台里工作太忙啊？”安露悠悠地说。

“嗯，可能吧。”丁邵峰摸了摸脸。

过了一会儿，安露忽然说：“那个小凡，也真不容易……”

“怎么了？”丁邵峰心头一紧。

“你想啊，每天要上夜班，还要照顾弟弟，一个那么年轻的女孩子，难为她了。”

安露看丁邵峰只是跟着点点头，继续说，她想让孟小凡多来几次给丁芋上课，这样既可以缓解她的经济困难，也能帮助丁芋更快更好地康复。

丁邵峰暗暗叫苦，可也没有什么合适的理由反驳，只好答应了下来。

03

护士李佳煜一大早到办公室找安露，安露不在，严寒问她有什么事情。

李佳煜说，306 的孟驰血液检查细菌量依旧超标，是不是考虑把那些进口药停了？

严寒思索了一下，说他正在考虑孟驰的新治疗方案，进口药暂时还不能停。

李佳煜眉毛挑了一下，没说什么，待要转身走，严寒又把她喊住了。

“小李啊，以后孟驰的事情你就直接来找我，”看李佳煜没有说话，严寒补充道，“现在我是孟驰的主治医生了，安露大夫正在积极利用咱们科里那笔科研资金搞科研的事情，咱们还是尽量不要打扰她的好。”

李佳煜点点头，看她走出了办公室，严寒拿起了电话。

孟小凡正在家里准备晚上的演出，接到了催缴医药费的通知，她记得自己才刚交上不久，这医药费怎么用得这么快啊！孟小凡为难地坐在房间里，一时间所有的烦恼都涌上了心头。

因为孟驰近来用的都是进口药，费用较之先前又翻了一番还不止，虽然安露屡次提出孟驰的情况已经可以出院了，都被严寒以再观察几天为由给挡了回来。严寒本着一切为病人负责的精神让安露无法反驳，加之最近她忙于科里专项资金的事情，已经不再是孟驰的主治医生，所以这些情况，连安露都不清楚，更别说孟小凡了。

医药费的事情对于孟小凡无疑是雪上加霜，而前几天与丁邵峰的那场风波至今还未平息，两人谁也没有和对方联系，说是冷战，还不如说是两团火在彼此心里翻腾，关于往事，关于回忆，关于爱，关于付出……这一切，让两个人之间产生了一道深深的沟壑，谁欲越过，谁首先都会感到烧灼般的痛。

孟小凡在台上演出，明显有些心不在焉。中场休息，乐队的周鹏关心地询问她是不是又碰到难处了，说出来大家一起想办法。她很感动，可又明白，两个伙伴和她一样是孤孤单单在这个城市打拼的年轻人，能力有限，但还是把弟弟住院费的事情说了一下，权当是倾诉下内心的苦闷吧。

不想孟小凡的话被路过的铁宏听到，铁宏把孟小凡叫到办公室，从保险箱里拿出了几万块钱。

“妹子，你的事儿就是我的事儿，这四万块钱你先拿去交费！”

“不不不，我刚来就从你这里预支过钱了，我不能再……”孟小凡连连摆手，铁宏打断了她。

“妹子，你这就见外了，你是安露介绍给我的，安露是谁，是我的恩人啊，那你就是我的亲人，哈哈，来，拿上！”

孟小凡还是没有动，铁宏收起油滑的笑，真诚地说：“小凡，弟弟的病比什么都要紧，这些钱，就当是我提前支付你一年的工资，我也不吃亏啊！”

孟小凡这才感激地收起了钱。

钱的事情暂时解决了，但第二天就是周末，又该去给丁芋上课了。一想到又要面对丁邵峰与他的家人，孟小凡心中的焦虑更重了。

第二天来到丁邵峰家，开门的是安露。安露见到孟小凡就说，丁芋说今天要留小凡阿姨吃饭，她都准备好了。

孟小凡笑笑，眼睛飞速扫视了一遍客厅，没有看到丁邵峰，略略放下心。

从孟小凡一进门，安露就看到她脖子上忽然多出来了一条项链，因为孟小凡一向穿着简单休闲，从来没有戴过首饰，加之这条项链款式新颖别致，更是格外亮眼。安露不动声色地安排孟小凡先给丁芋上课，自己借口有东西忘了买，出了家门。

安露直奔小票上显示的那家商场，在一楼的金饰柜台，她一眼便看到了那条与孟小凡脖子上戴的一模一样的项链，安露的心猛地跳了几下。她按捺住冲动，走到柜台售货员面前，装作若无其事的样子拿出小票。

售货员肯定了这正是购买她刚才看到的那条项链的小票，但是这款项链最近卖得很好，那天来买项链的就有好几位男士，至于持这张小票的是一个什么样的人，她就实在记不得了。

安露心里已经明白了大半，她回到家里，发现手里的小票已经攥成了湿湿的一团。

丁芋今天的课程接近尾声，孟小凡正跟她做一个互动的小游戏，安露走了进来，孟小凡站起身跟她打招呼。

"下课了吧？"安露笑着问，"没事，我过来拿个东西，等下咱们就吃饭啊。"

孟小凡点点头，安露从书桌抽屉里取出一个精致的盒子，待要走，又转身朝孟小凡说："小凡，你帮我看看这个怎么样？"

孟小凡接过盒子打开，里面是一条白金珍珠项链，款式简洁，典雅高贵。孟小凡轻轻咬了下嘴唇，抬起头，对安露一笑："好看啊，安姐。"

安露接过盒子，把项链拿在手里端详着说："嗯，这是我家邵峰送给我的，他呀，说这代表了对我的爱，让我每天都要戴着，刚还打电话问我戴了没，这不，我就想起来了。”

孟小凡心里掠过一阵疼痛，她忍不住问：“安姐，是你的生日礼物吗？”

“啊，是啊，每年邵峰都要送我一份别致的礼物，在这点上，他真是没说的。”安露说着，乐滋滋地拿着项链在胸前比画着，走了出去。

孟小凡看着安露的背影，心里一阵酸楚。她再爱丁邵峰，终究不能这般大大方方地展露出来。丁邵峰始终是属于这个家，属于安露的。自己，不过是个偷偷摸摸的第三者而已。

痛苦之余，她的脑海中也再度回响起那个疑问：丁邵峰到底是爱着自己，还是仅仅把自己当成初恋的一个替代品呢?

直到吃完饭，也没见丁邵峰回来。没有了两两相对的尴尬，孟小凡一直提着的心放了下来，她迈着麻木而机械的步子回到了初恋小屋，才发现丁邵峰在这里，几天不见，他明显瘦了很多，胡子拉碴的，孟小凡心里疼了一下。

丁邵峰正埋头坐在沙发上抽烟，看到孟小凡进门，张了张嘴，似乎不知道用什么话来做开场白比较好。

孟小凡坐了下来，丁邵峰深深地吐出一口气，讲出了关于这间小屋的所有回忆。

在丁邵峰二十岁出头的时候，他和一个年龄相仿的女孩子相恋了，这个女孩叫秋伊宁，就是孟小凡看到的书里的那个。她的父亲在国外，身边最亲的人就是丁邵峰了。两人在一起三四年，丁邵峰的事业一直处于尴尬时期，废寝忘食地写了一本书，却没有钱出版。有一天，秋伊宁拿了一笔钱回来，说是父亲用于帮助丁邵峰出书而寄来的。两人都很开心，丁邵峰拿了这笔钱把书给出了。就在书上市之前，丁邵峰无意中发现秋伊宁与上司之间的暧昧，他于是猜测这笔钱应该是秋伊宁从上司那里拿来的，至于上司为什么给她这笔钱——丁邵峰不敢想下去了，他愤怒地找到秋伊宁，质问她为什么背叛自己，秋伊宁解释这是个误会，但丁邵峰根本听不进去。伤心痛苦的秋伊宁无奈，准备去国外找父亲，不想航班失事，从此天人永别。

后来，丁邵峰用那本书赚的钱买下了这套房子，除了他没有别人知道这里。每当心情不好的时候，他就来这里坐坐，待一会儿。这里是他的初恋小屋，是他心灵的栖息地。他在这里寻找着秋伊宁的影子，也在品尝着自己的悔恨。

“她在机场时曾给我打电话，说想见我最后一面，我没去……”说着，丁邵峰失声痛哭起来，“十年了，每每想到这里，我都悔恨得要死，我多想再见她一面，就为告诉她，我对不起她！”

三千多个日夜里，丁邵峰每天清晨睁开眼，都会感觉到那种悔恨在内心啃噬出的空洞，所以当他看到孟小凡时，才会产生那么强烈的冲动。

孟小凡呆呆地听完丁邵峰的故事，她明白了这一切的前因后果，可她还是想要一个答案。

“邵峰，我就想知道，你到底是爱我，还是把我当成了她？”

丁邵峰许久没有说话。又过了一会儿，他缓缓站起身，离开了这所房子。

孟小凡的眼泪流了下来。

04

有了铁宏支付的一年工资，孟小凡觉得医药费应该足够支撑一段时间了，以后的费用，走一步算一步吧！只要她孟小凡活着，弟弟的病就不会耽误。

在去医院的路上，孟小凡去影印店取了前几天冲印的照片。照片上她与丁邵峰甜蜜相拥，但现在，一切都变了模样。孟小凡洗这些照片的目的，一方面是为了把照片带在身上，每天都可以看到；另一方面，她也想给丁邵峰看看，好回忆起他们在一起的甜蜜时光。

严寒又来帮孟驰做康复按摩，他还给孟驰带了几块巧克力。但按摩完的孟驰只顾完成自己的泥塑作品，也顾不上吃，都放在了一旁。严寒坐在一旁看孟驰忙碌，像是不经意地，忽然问：

“孟驰啊，你这个姐夫应该对你很好吧？他又有钱，又……”

“姐夫？”孟驰停下了雕刻刀，疑惑地看着严寒，姐姐从来没有提过自己有男朋友的事情呀。

“你不知道啊，那算了，我也不该多嘴……”严寒故意住了口，但这更加引起了孟驰的好奇与疑惑。

“你就告诉我吧，到底是怎么回事？”

“孟驰啊，你知不知道自己理疗一直用的都是进口药？那么这巨额的医药费是从哪里来的呢？”

“我姐给我交的呀。”孟驰不假思索地说。

“你姐的钱哪儿来的？”严寒紧盯着孟驰。

“我……我不知道，以前都是寒冬哥资助我们……”

“你寒冬哥已经死了！”严寒忽然恶狠狠地说，他的眼神吓到了孟驰。

“你怎么了？严大夫。”

“哦，没事，”严寒恢复了常态，“你想想，这个人一下子拿出这么多钱来，与你姐肯定早就认识了。你寒冬哥的死，也应该和他脱不了关系……唉，可惜了，寒冬是多么好的一个人，对你姐一片痴情……”

在严寒的诱导暗示下，孟驰把对寒冬的好感与回忆，以及他死后到现在发生的所有事情串联了起来。他有些头晕目眩，但同时他也有一个疑问，这些事情严寒是怎么知道的？

严寒告诉孟驰，他有个朋友认识寒冬，这些事情，他也是从朋友那里听说的。还嘱咐孟驰，这事现在千万不要让孟小凡知道，他认为孟小凡也是被蒙蔽的，所以才把这件事情悄悄告诉孟驰。

严寒走后，孟驰内心激烈交战。本来，他就一度为寒冬的死责怪姐姐的绝情，现在得知姐姐另有所爱，而且那个人还可能与寒冬的死有关，这个事情带给他的震惊在他二十多年的人生中是前所未有的，更引发了他的激动与愤慨。孟小凡过来看他，他表现很冷淡，只是催着姐姐要出院。孟小凡也不知道孟驰为何突然心情不好，安慰他了几句，便来到缴费窗口缴费。

安露正好路过缴费处，看到孟小凡一下子拿出这么多钱，暗暗吃惊。她想起上次那个信封，想想这几天丁邵峰并没有向自己要过钱，又打电话给安君，得知丁邵峰也没有从他那里借钱，安露一时想不出这钱的来路了。

晚间，安露与丁邵峰各怀心事，两个人背对背，都睁大着双眼。安露心乱如麻，她转过身抱住了丁邵峰。

此时，丁邵峰内心也在交战。他抚摸着安露的头发，眼睛落在墙上一家三口美满幸福的合影上。这张合影还是几个月前刚拍下的，短短的几个月，发生了如此多的变故。丁邵峰仿佛看到照片上的自己与安露母女之间正渐渐出现一条裂缝，很快，他将与曾经拥有的幸福美满决裂开来。

丁邵峰感觉有什么东西落在自己揽在安露身前的胳膊上，湿湿的。安露哭了？

“老婆，你怎么了？”丁邵峰吃惊地问。

“没事，”安露擦了擦眼睛，“我只是想，我们这么好，这么多年，一直都这么好，我和你，还有丁芋，我们会一直这么幸福下去吧？”

丁邵峰喉咙有些哽咽了，他点点头，“会的，会一直幸福下去的！”

第二天，丁邵峰便收到了孟小凡寄过来的信。当照片从信封里掉出来的瞬间，丁邵峰像是被烫到了一般松开了手。好一会儿，他才拾起那些照片，狠狠地看了几眼后，把它们一张张撕碎了。

孟小凡静静地等待着丁邵峰的回音，她相信丁邵峰看到那封信后一定会联系自己。果然，丁邵峰打来了电话，约她到第一次吃饭的那家饭馆见面。

丁邵峰的第一句话便是：“我们结束吧！”

孟小凡呆了，她有些怀疑丁邵峰这话是问句还是感叹句，傻傻地问：“结束什么？”

“我是来跟你分手的。”

丁邵峰不敢看孟小凡含泪的眼睛，狠着心告诉孟小凡，他知道自己说出这话会带给孟小凡伤害，但是这也是他唯一能挽回一直带给身边所有人——包括孟小凡的伤害的办法。他拿出了初恋小屋的房产证，里面夹着一张签过字的律师函，他想把这套房子过户给孟小凡。这不是弥补，只是想帮助她和弟弟度过目前这个难关。

孟小凡的眼泪再也控制不住。她哭着质问丁邵峰，自己在他眼里，就是值这么一套房子吗？那曾经的爱呢，到哪里去了？

丁邵峰深深地吸了一口气。爱是一份沉甸甸的责任，不是每天背着老婆来陪孟小凡几个小时就能做到的。既然他做不到，那么放手，就是最好的选择。

话已经说完，丁邵峰就那么坐着，看着对面的孟小凡哭得无法自抑。他身体僵硬，内心也痛到麻木了。

与丁邵峰分开后，孟小凡来到了小屋，收拾完自己的东西，最后看了一遍屋内的一切。客厅、厨房、沙发、电视……自从认识丁邵峰，弟弟住院，她几乎等于搬到了这所房子里住，这里每个地方都藏着她与丁邵峰的回忆。她又一次失声痛哭，在这个如今只剩下她一个人的房子里。

当孟小凡昏昏沉沉地走出那套房子的时候，安露打来了电话，丁艼的姥姥牵挂着要看看儿子喜欢的女孩子，以要感谢外孙女老师的理由，请孟小凡到家里吃饭。

孟小凡犹豫了一下，经不住安露的一再劝说，答应了安露的邀请。趁这个机会，她也正好有话要对安露讲。

安露的母亲做了一桌子丰盛的饭菜，还说是特地做给孟小凡的，谢谢她对外孙女丁艼的照顾。孟小凡这才知道安露的用意，她也不好说破，只得勉强压抑着内心的痛苦，装出一副平静的样子。她的话不多，更显得整个人恬静温柔。安露的母亲一见面就对孟小凡的印象极好，这个女孩子温柔大方又懂事，身上也没有时下女孩子的那种浮躁与艳丽，喜爱之情溢于言表，不断暗示安君要主动些。安露也不时穿插几句，都是关于孟小凡的优点，安母更是乐得合不拢嘴，连夸女儿的眼光好。

丁邵峰一直沉默地吃饭，还好其他人都沉浸在自己的话题中，也顾不上他。他偶尔抬头，接触到对面孟小凡的目光，立即又埋下头，好像怎么也吃不饱似的。

吃罢晚饭，安母特意安排安君送孟小凡回家。几个人在楼门口告别，安露想起孟小凡还有话要说，便把她拉到一旁询问，孟小凡犹疑了一下，说明天再说吧！

回去的路上，安露很忧心地告诉丁邵峰，她很担心孟小凡提出辞职。

丁邵峰早有预料，但他还是问了一句："不会吧？不是教得好好的吗？"

看安露不置可否，丁邵峰又补充道，如果孟小凡真的要辞职，也就不要勉强人家了。

安露扫了一眼丁邵峰，忽然说："今晚上孟小凡很怪，你也很怪，安君也很怪。"

丁邵峰紧紧盯着前面的路面，一句话也不敢再接下去了。

在安君的车上，孟小凡与他都在沉默，好一会儿，安君终于忍不住开口了。

"我妈很唠叨是吧？"

"哦，"孟小凡从车窗边扭过头，"没有啊，我没感觉。"

孟小凡说，自己父母去世得早，反而觉得有父母在身边唠叨是一种幸福，不像她，现在有点事儿，连个问的人都没有。

"除了父母，即使有人对你好，也只是一时的，什么都会变。"孟小凡喃喃地说。

"他就没变……"正在开车的安君忽然插了一句。

"谁，你说谁没变？"孟小凡狐疑地问。

安君笑着摇摇头，其实他是想说自己的姐夫丁邵峰。据他一直的感受，姐夫对姐姐这么多年感情一直都没变过，两人之间，别提多甜蜜了。

但安君觉得这话不好对孟小凡说，于是支支吾吾地："我是说我。嗯，我。"

两人都不再说话，车子在夜色中向孟小凡的家驶去。

第七章 / 圈套

昏 迷 不 醒

生活中的许多事常常都是事与愿违，带着伤痛的人常常希望可以尽快开始新生活，但是有那么一些人，并不希望他人可以如此干脆利落地与旧生活脱离。

01

丁邵峰赶在安露发现更多蛛丝马迹之前与孟小凡和平分手了。但他的生活里已经掀起的波澜却还在继续，对孟小凡的伤害俨然已经造成，怎么弥补，他还没有想出好的办法。孟小凡已经真如安露担心那样，提出了辞职。

安露预料到了孟小凡辞职，却没想到她辞职得这么坚决，既然她去意已决，安露也就不再坚持了。

可不想安露答应了，丁芋这边却闹开了。丁芋知道小凡阿姨再不来给自己上课了，怎么也不肯吃饭。安露哄不住，叫丁邵峰来，丁邵峰试图跟女儿讲道理，奈何她固执得很，声称除非小凡阿姨来，否则就是不吃！丁邵峰火了，他第一次吼了宝贝女儿，安露从厨房那边跑了过来，把丁邵峰拉到一边，自己轻声劝解起丁芋来。

丁邵峰站在母女背后，无可奈何地看着安露的背影。安露忽然转过头，轻轻说了一句：“这个孟小凡，好是好，就是让咱家太不安宁了。”

话语虽轻，在丁邵峰听来却无疑一声响鼓。他默默地回到了餐厅，大口大口地吃起晚饭。

而孟小凡心里的伤痛更深。晚间在台上表演的时候，每每唱起跟爱情有关的歌曲，她便会想起丁邵峰，想起与丁邵峰在一起的那些日子，常常泪水盈眶，惹得搭档投来奇怪的眼光。而今天晚上，她唱了两句，便哽咽得无法继续，只好跑下台去，引来观众一片嘘声。

孟小凡不管不顾地跑出酒吧，在夜色中奔跑了许久，内心才稍稍平静了下来。她再一次告诉自己：与丁邵峰已经结束，不能再继续沉迷下去了。她孟小凡还要照顾弟弟，还要继续自己的人生!

但生活中的许多事常常都是事与愿违。带着伤痛的孟小凡希望可以尽快开始新生活，但是有人，却不希望她那么干脆利落地与旧生活脱离。

下午孟小凡从医院回来，快到家的时候接到了一个电话。电话里是个陌生的男人，自称安露的同事，说安露家里出了点儿事，希望孟小凡去幼儿园接一下丁芋，等安露忙完再去孟小凡家把丁芋接回来。

孟小凡还没反应过来，对方已经挂了电话。

事情来得突然，孟小凡思索了一下，又拨了回去，那边已经换了人，一个护士告诉孟小凡，安露出去了。

看来安露真的有事，孟小凡看了看时间，赶紧去了幼儿园。幼儿园里只剩下丁芋一个孩子，她看起来蔫蔫的，旁边也没有老师。孟小凡走过去一问，才知道她发烧了，心急之下赶紧把丁芋带回了家，给她服了点儿药睡下之后，孟小凡想起要跟安露联系一下，这才发现自己手机没电关机了，她又急忙给手机充上电。这时候已经是晚上近八点了，孟小凡这才忙里偷闲给自己做点儿吃的。

再说安露从外面回到办公室，忽然看到自己椅子上有一张折叠的字条，奇怪地拿起打开，一看之下差点儿没跌倒在地上。

字条上是打印的一行字：准备好五十万，明天我把丁芋还给你。

安露扭头就向门外跑，和查房回来的严寒撞了个满怀。她顾不上解释，只叫严寒帮自己请假，然后飞速地打车去了幼儿园。

幼儿园老师哭丧着脸告诉安露，她发现丁苄有些发烧，就上楼帮她拿药，下来后，才发现丁苄不见了，自己也正在找呢。

安露把幼儿园里里外外找了一遍，果然没有找到丁苄。安露几乎要崩溃了，她一改往日温良贤淑的模样，横眉竖目地质问老师为什么把一个孩子独自留在教室里，到底有没有责任心？现在孩子找不到了，怎么办？

年轻的老师被骂得眼泪直转："丁苄妈妈，现在丁苄不见了，我有责任，可是当务之急是找孩子，你骂我没有用啊！"

安露这才回过神来，赶紧给丁邵峰打电话，说忽然收到勒索字条，赶到幼儿园才发现女儿真的不见了。丁邵峰相对比较冷静，他之前也曾在电视新闻上看到过类似用勒索事件设下的骗局，叫安露不要着急，先回家看看，说不定丁苄自己回家了呢。

安露赶了回去，空无一人的家让她失去了最后一丝希望。安露打电话给安君报警，丁邵峰这时才回到了家里，发现丁苄不在家的他正要再次询问安露详细情况，忽然在门口边发现了一张掉落的字条。

这张字条看情形是夹在门上的，安露回家时焦急地推门而入把它带进了屋内，却没有发现它。丁邵峰拾起一看，脸色大变，他迅速冲出屋门，上了车。

"你干吗？"安露在后面哭叫。

"你在家等着吧，我去接丁苄回来。"丁邵峰并不解释，迅速发动了车子。

直到路上，丁邵峰才把手心里的那张字条再度展开，上面也是打印的一行字：准备好五十万青春损失费，我把丁苄还给你。

一目了然，这不正是孟小凡的口吻吗？除了她，再不会有第二个人了！自己提出分手，对孟小凡的确造成了伤害，但想不到孟小凡竟然用这种方式来向自己报复。想到此，丁邵峰咬了咬牙。

丁邵峰很快来到了孟小凡家，孟小凡看到他，先是一惊，但很快镇定了下来。可还没等她说话，丁邵峰已经看到她身后沙发上熟睡的丁苄，他的眼睛红了。

"丁苄为什么在你这里？"丁邵峰声音低沉而愤怒。

“是我去幼儿园接的她，她发烧了……”孟小凡解释，她发现事情有些不对劲，丁邵峰把字条塞进了她的手里。

“不是的，是有个人打电话叫我去接丁芋。”孟小凡急忙解释。

“不要再撒谎了！”丁邵峰打断了她。

丁邵峰非常愤怒，对不起孟小凡的是他，可是无论如何孟小凡也不该对无辜的丁芋下手啊！

孟小凡急得眼泪直打转，“邵峰，你听我解释，我们是有过一段关系，但我无论如何也不会做出这种事情！”

孟小凡还要说，却听到身后有响动，转身一看，安露和一个警察正站在门口。安露显然已经听到了刚才那句话，她眼神呆滞地看着丁邵峰与孟小凡，嘴唇哆嗦不停。原来安露刚才看到丁邵峰出门时神色不对，恰逢安君派了一个派出所的同事过来调查情况，她便坐上警车跟着丁邵峰来了。

丁邵峰也看到了安露的神情。但事已至此，他已然无话可说，于是转身从沙发上抱起丁芋，递给了安露。两个人带着丁芋回去，孟小凡也因绑架嫌疑随即被警察带了回去。

派出所里，孟小凡向民警讲述了事情的发生经过，但警察显然并不能采信她的一面之词，所以暂时还不能让她回去。孟小凡一面惦记着知道了真相的安露与丁邵峰，一面为自己被诬陷的事情感到委屈，显得十分暴躁。

丁邵峰晚上还有节目，他直接去了电台，安露则把女儿直接带到了医院。丁芋发烧的情况暂时控制住了，却显得格外沉默，连安露叫她都不搭理。看到丁芋的自闭状况加重，因丈夫的背叛已经遭受沉重一击的安露，更加焦灼不堪。

清晨，一夜未睡的安露回到办公室，她的疲倦与焦虑引起了严寒的注意。严寒关切地问安露发生了什么事情。

“没什么。”安露叹了口气。

“别骗我了，我不是说了，有些事情尽管我不一定帮得上忙，但我至少可以倾听一下，帮你解忧，咱们是同事，你还信不过我？”严寒诚恳地看着安露，递过一杯牛奶。

安露接过牛奶，告诉严寒，他曾经预料的事情真的发生了。

“是吧，我早就替你担心了，”严寒叹气，“不过事已至此，你也别太伤心，为那种人，不值得。”

严寒安慰着安露，同时嘴里喋喋不休，为她这么漂亮优雅的女士遭遇这样的事情鸣不平。

安露摇摇头，她什么都不想听。她的脑子自听到孟小凡的那句话之后，就开始“嗡嗡”响个不停，什么都装不进去了。她一直认为丈夫与孟小凡之间顶多是产生了好感，还没有真正走到那一步，可是孟小凡的话无情地击穿了她的自欺欺人，这么多年牢固的夫妻感情与信任瞬间崩塌，安露的精神近乎崩溃。

严寒查房去了，但安露还是没有得到宁静，因为安君找她来了。安君告诉姐姐，经过调查，基本上排除了孟小凡的作案嫌疑，她的确是被陷害的。但是，现在他们都知道了丁邵峰与孟小凡的事情，不过事情已经结束了，就不要再揪住孟小凡不放了。安君的担心是，目前孟小凡情绪十分不稳，如果她因为这件事情与安露家过不去，那可能就麻烦了，所以他劝安露暂时不要轻举妄动。

安露听到了弟弟的话，但她面无表情，一语不发。

严寒晃晃悠悠地来到306病房，孟驰一看到他，便从床上坐了起来，跟他打招呼。

瞅瞅四下无人，严寒走到了孟驰的近前，悄悄告诉他，昨天孟小凡因为绑架安露的女儿被警察抓走了。

孟驰大惊失色，追问严寒这是怎么回事，严寒于是说，因为安露的丈夫欺骗了孟小凡，孟小凡为了报复，才绑架了安露的孩子。

“那个丁邵峰——就是安露的丈夫，是个十恶不赦的坏蛋，他一直在玩弄你姐姐，你姐姐现在还关在派出所里……唉，安露大夫也蒙在鼓里呢，最可恶的就是那个丁邵峰了，所有的人都是他害的，要不是看你姐太可怜，我也不会告诉你……”

严寒的话还没有说完，孟驰已经攥起了拳头。严寒见状，赶紧宽慰他，让他千万莫激动，他再去打探消息。

严寒安抚了孟驰，站在走廊里，脸上挂着一种高深莫测的神情，想了想，他又往楼下儿童病房走去。

在丁芋的病房门口，严寒看见丁芋躺在床上，静静地听着姥姥读故事。她的小脸一直绷得紧紧的，眼睛望着天花板，严寒走了进去，把安母叫了出来。

“丁芋还好吧？”严寒关切地问，并自我介绍说是安露同科室的同事。

“已经退烧了，谢谢你关心啊。”听说女儿的同事特意下楼来看丁芋，老太太很感激。

“嗯，丁芋目前这个状况，你可不要在她面前提绑架的事情，以免刺激到她。”严寒神秘兮兮地说。

“绑架？”老太太莫名其妙。

“噢，您不知道，那对不起，对不起，我也不该告诉您……”严寒说着便要走开，老太太当然不可能就这么不明不白地让他走，非要问清楚所谓的绑架到底是怎么回事。

在老太太的追问下，严寒很不情愿地将孟小凡与丁邵峰的婚外情，与她“绑架”丁芋的事情讲了一遍，趁老太太还在愣神的时候，严寒悄悄溜走了。

02

安露回到了医院，发现所到之处，同事们总在交头接耳议论着什么，一看到她过来，便散了。其实她已经隐约听到了什么“还以为家庭很美满呢，原来老公还有个第三者……”“安大夫一直都不知道吗？”

一个小护士看到安露走过来，犹豫了一下，把安露拉到走廊角落，悄悄说：“安大夫，我一直都想告诉你，那天你老公受伤，就是那个孟小凡送他到医院的。”

一切都联系了起来。安露恍然大悟，她痛苦地走出了医院。

护士李佳煜也知道了安露家后院失火的事情，她十分鄙夷孟小凡。安大夫不遗余力地帮助他们姐弟俩，想不到却是引狼入室。她正愤愤不平地琢磨着这个事情，安君来找她了。

李佳煜看到安君很兴奋，但安君顾不上寒暄，上来便请李佳煜帮他一个忙。李佳煜看到安君这么严肃，就问他帮什么忙。

安君于是问起丁苎被绑架的那天下午，都有谁在值班，李佳煜一一作答。安君的眼睛落在了墙上挂的严寒医生的照片上。

“这个人，来医院多久了？”安君问李佳煜。

李佳煜思索了一下，回答道：“有两个多月了吧。”看安君没有说话，又问：“他怎么了？有问题？”

安君没有回答，很快告辞离开了。

关了一夜的孟小凡被放了出来，安君告诉他，是安露去销的案。孟小凡没想到安露这么大度，又是惭愧又是难过，于是找到她，还回了丁邵峰送给她的房产证，并保证再也不与丁邵峰往来了。

安露本来以为丁邵峰与孟小凡只是一时的激情，万万料不到他们之间已经有了这么长时间的关系，而这背后还牵涉着一套自己根本不清楚的房产。震惊之余，安露还是不动声色地接过了钥匙和房产证，决定去一探究竟。

在那套房子里，安露看到了秋伊宁的照片，还有丁邵峰写给她的那本书，她一下子全明白了。十年来，丈夫的内心从未真正对自己打开过，就因为在他的心里一直住着这个女人。至于孟小凡，不过是他初恋的替代品，与自己一样可悲而已。

安露环顾着这个陌生的房间。她真想问问那个沉默不语的秋伊宁，想问问这房子里究竟装着什么样的往事，以至于让丁邵峰做出这样背叛家庭的事情来。

安露思索着这一切，内心里两个自己在交战。她知道自己正面临着一个重大的抉择。

与此同时，丁邵峰正在寻找安露。自从丁芋被找回来送进医院，安露便没有再和他讲一句话。经过一夜的思索，他觉得应该跟安露好好谈谈了。于是打电话给安露，安露只简单应了一声，这厢丁邵峰还在说话，那边电话已经挂了。

记忆中，这还是安露第一次没等自己说完话便挂了电话，丁邵峰心里非常不安。他开车来到医院找安露，刚在门口停好车下来，便见一个面色苍白身穿病号服的青年朝他走了过来。

“丁邵峰。”那个青年恶狠狠地喊道，丁邵峰下意识应了一声，话音未落，那个青年便从背后拽出一把小刀刺了过来。丁邵峰见势不妙，一把攥住他拿刀的手腕，大力推向了上方，那个青年气喘吁吁，但死也不肯放手，两人正相持间，旁边传来一声女人的尖叫。

“小驰，你干什么啊你？”

丁邵峰与持刀的孟驰同时转头，见孟小凡惊叫着跑过来，试图拉开两人。

孟驰被姐姐拖住，还在不断挣扎，试图再次扑向丁邵峰。

“你还不快走！”孟小凡催促丁邵峰，丁邵峰犹豫了一下，跳上车开走了。

孟小凡安抚着激动的弟弟，却被他手里的刀子扎伤了手臂，孟驰看到误伤了姐姐，再者丁邵峰的车子也已经走远，放弃了挣扎。

孟驰被送回了病房，孟小凡也去包扎了被误伤的手臂。她似乎没有感到流血的地方有什么痛感，她的心在最近接二连三的事件中已经麻木了。就在刚才，她把房产证还给安露之后，便被告知孟驰从病房里跑了，焦急不堪的她四处寻找，恰好就在医院门口看到了孟驰与丁邵峰扭打的一幕。

孟小凡并不知道，在此之前，孟驰去了寒冬的墓地，并且告诉寒冬哥，自己已经找到了害他的凶手，这个凶手如今又害了自己的姐姐，他一定会为他们报仇的！

包扎完伤口，孟小凡心里还是放不下孟驰，于是又回到病房，发现弟弟并不在床上，而是蹲在地上，不断拿头撞床前的小柜，一边撞，一边嘴里还在咬牙切齿地嚷着："我想不通，我就是想不通。"

孟小凡大急，上前一把拉住孟驰，试图把他拉回床上，但孟驰此时却忽然变得力大无比。他挣脱了孟小凡，问她跟丁邵峰究竟怎么回事。

"小驰，你不懂，你不知道……"孟小凡自己也不知道该怎么回答弟弟。

"我要出院，我不用他的脏钱治病！"孟驰歇斯底里地叫，任凭孟小凡怎么解释，他都不听。

丁邵峰从孟驰的刀下逃出后，一路惊魂未定。回到台里，节目已经快开始了。他用冷水洗了把脸，脚步沉重地走进了直播间。

丁邵峰强打精神回答了几个听众来电，在节目已经接近尾声的时候，最后一个电话接了进来。

"丁邵峰，丁教授……哈哈哈，丑事败露的滋味您尝过吗？被人当众揭穿谎言的感觉您体会过吗？"这是个男人的声音。

如同五雷轰顶，丁邵峰蒙了。他怎么也想不到听筒里会传出来这样的一句话，不只是他，张帆和隔窗导播室的导播们也都愣在了那里，直到听筒那边再度传来那刺耳的笑声，才手忙脚乱地切断了电话。

张帆及时救场，以信号不好的理由切换上了歌曲，再看丁邵峰，他已摘掉耳机，木然地走出了直播室。

丁邵峰不知道自己是怎么走回家的。家里空无一人，安露和丁芋都不在，清冷的气息反复提醒着他近来的一切。他迷惘地抽着烟，认识孟小凡之后的日子，像散云碎片般在眼前来回浮动，他不能分辨自己是如何走到今日的，但他明明白白地知道，他曾做下的一切，给如今的生活造成了多大的撞击与分裂。

抽了一烟缸的烟头后，丁邵峰在沙发上沉沉睡去了，半夜忽然醒来，发现身上盖了一条毛巾被，知道是安露回来了，翻身下地，正好安露从卧室推门出来。

“老婆……”丁邵峰低声叫，安露摆了摆手，制止了他的话。

“我们离婚吧。”安露平静地说，丁邵峰大惊失色，他一把抓住安露的手，“老婆，再给我一次机会吧！”

“我已经给过你了。”安露把项链的小票扔在了茶几上，她的声音很淡，淡得像没有一丝情绪，但是她滚动着泪水的眼眶却背叛了她的声音。

做出这个决定，安露考虑了一天。这一天里，先是知道了丁邵峰的背叛，而后知道他背着自己还有套房子，知道了丁邵峰心里一直住着初恋女友，又听到了同事们半同情半看热闹的议论。刚去病房看丁芋，又遭遇母亲对丁邵峰婚外情的追问……安露关于离婚的决心，就是这样一点一滴地坚定了下来。

虽说离婚这件事的导火索是孟小凡，但安露心里却并不怎么恨她。对于孟小凡，她相信丈夫只是一时糊涂。而话又说回来，假如不是孟小凡，她还不会知道丁邵峰的秘密。曾经安露认为自己是世界上最幸福的女人，但如今安露却发现自己是如此之傻，傻到以为自己一心一意全心全意爱着的丈夫，也是在一心一意全心全意地爱着自己。当真相摊开的那个瞬间，这一切，是多么可笑啊！

03

被逼到了绝境的丁邵峰痛苦至极，可是这苦果分明是自己咎由自取。他不同意安露的离婚请求，可是他也没有理由说服安露收回决定，只好拖延时间，说自己现在脑子很乱，需要冷静考虑一下。

丁邵峰把安君叫出来，询问他的调查结果。一向把丁邵峰视为榜样的安君此时显得十分冷淡，他告诉丁邵峰，孟小凡可能是被人陷害。

“那会是谁呢？”丁邵峰焦急地追问。

安君厌恶地看了一眼丁邵峰，反问道：“那就要问你，还有谁知道你和孟小凡的事情？除了清楚你们之间事情的人，谁能策划得这么周全？”

丁邵峰尴尬地低下了头，过了一会儿，缓缓说：“我和孟小凡，已经结束了。”

“结束了？”安君讽刺地说，“我看离结束还远着呢！”

说罢，安君驱车而去。

丁邵峰怀着深深的愧疚又回到了家里，重新坐在安露面前，丁邵峰决定向她坦白一切。

丁邵峰承认自己做了对不起家庭和安露的事情，也承认自己的过去。但是过去的都已经过去了，那些东西永远不可能替代现在的家庭，就像谁也不可能替代安露一样。丁芋那么可爱，他不希望女儿成长在一个残缺的家庭里。丁芋需要父母的爱，完整的爱，他不想因为自己的错误，让孩子的生活受到影响。

安露泪流满面，感情都已经不完整了，这个家还能完整吗？

“我是不会离婚的，”丁邵峰很坚定，“我不需要为我的以前，让我们的婚姻画句号。”

“那是你的以前，不属于我！”安露很固执。

“安露，你想一想我们风风雨雨这些年，我们一起经历的一切……”丁邵峰恳求说。

“不要说了，不要说了……”安露叫了起来。

丁邵峰无可奈何地站起来，他放在茶几上的手机也叫了起来，他与安露同时看到，屏幕上显示的正是孟小凡的电话。

“接吧，我不打扰了。”安露冷冷地说，走回卧室，“砰”地关上了门！

丁邵峰恼恨得无以复加，他接通电话大吼了一声：“孟小凡，你到底想干吗？！”吼完便狠狠挂了电话。

电话那头的孟小凡愣愣地看着桌子上的那本钢琴教程，极力忍住泪水。其实她只是想把这本教程送给丁芋，她怎么也想不到丁邵峰怎么会忽然发这么大脾气。

孟小凡呆呆地坐了好一会儿，想起还要去医院帮孟驰拿药，便赶紧来到医院取药处。她整理好药物刚转身，就碰见了牵着丁芋的安母。

“孟小凡，”安母高声叫着，走了过来，“你告诉我，你把丁芋怎么了？”

“阿姨，我……”孟小凡嗫嚅着。

“还有，你和丁邵峰的事情，你跟我说说是怎么回事？”安母看她支支吾吾，以为她是做贼心虚，更加气愤。

孟小凡咬紧嘴唇，一言不发。

“孟小凡，你……你……我们家露露对你那么好，我们全家都对你那么好，你怎么能做出这些伤天害理的事情啊你……”安母说着，捂着胸口，一脸痛苦。

正好李佳煜路过，她瞥了孟小凡一眼，把安母扶到一旁休息，语带讽刺地催促孟小凡赶紧离开，孟小凡抹着眼泪走了。

安母被李佳煜带回办公室休息，犹自喘息生气，严寒端了一杯水给她。

“阿姨，”严寒亲热地叫安母，“别生气啦。”

看到如此关切自己的严寒，安母忍不住又开始数落起孟小凡，她怎么也想不通，这个表面乖巧漂亮的女孩子，内心怎么这样无耻狠毒呢？还有丁邵峰，她的女婿，多好一个人，愣是被这个狐狸精给勾引坏了。

严寒听着，不住点头称是，末了也是一声叹息：“唉，安大夫对她老公那么好，她老公竟然还做出这样的事情来，真是……”

安母听了此话，泪水涟涟。她恨孟小凡，可怜安露与丁芋，出了这样的事，女儿该怎么面对呀？她并不知道，安露已经义无反顾地选择了分开，且不管丁邵峰怎么解释，都毫不动容。

丁邵峰只好收拾了自己的一些衣物，离开了他和安露共同经营了近十年的家。

新一期的《心路》节目又开始了，一位女听众打来了热线，说自己一度只是怀疑老公出轨，最后发现出轨竟然确有其事，她非常崩溃，不能接受现实。现在她想离开老公，又舍不得，问丁邵峰自己该怎么办。

丁邵峰摸了一下自己胡子拉碴的脸，想了一下，慢慢说道："妻子是家庭的天，而丈夫则像这个天底下乱跑和长不大的孩子，也许是你的纵容让他迷了路，但是请相信，只要你有耐心和宽容，他一定会回来陪你终老一生，他不想和你分开。因为你对他来讲，是整个世界……"

丁邵峰讲着，眼眶里泪水在打转。他极力掩饰着，不想让旁边的张帆看到。此时他多么希望，电话那头的是安露呀！

收音机前，孟小凡也在擦眼泪。她回到病房里，孟驰还在嚷着要出院，说他不愿意用丁邵峰的钱。

"孟驰，这钱是姐姐预支的一年的工资，不信，你可以问我的老板。"孟小凡对弟弟说。

"真的？"孟驰不闹了，他看着姐姐。孟小凡坚定地点了点头，孟驰犹疑着相信了。

孟小凡这边刚安抚下弟弟，内心也因此感激着铁宏的慷慨救助，不想铁宏就找她来了。

铁宏此番不为别的，他告诉孟小凡，因为最近资金周转困难，希望孟小凡把前些日子两次预支的五万块钱先退回来。

一开始，孟小凡以为铁宏在开玩笑呢，可看到他严肃得如一块铁板的脸，和前几日对自己的样子判若两人，知道事情没有自己想得那么简单了。可如今内外交困的她，怎么可能拿得出钱还给铁宏呢？

"宏哥，能不能宽限几天，我最近……最近没有这么多钱还您……"孟小凡声音越来越低，不料铁宏脸色一变，"你怎么回事儿啊？当初你需要帮助的时候，我二话不说把钱给你了，现在我有困难了，你却要见死不救？"

"不是的，不……不是的，宏哥，你听我说……"孟小凡急急解释，铁宏只是瞪着铜铃般的大眼，摆手不听。

眼看孟小凡急得眼泪都要落下来了，铁宏忽然压低了声调，说："其实吧，小凡妹妹我告诉你，那钱重要，但你哥我还真没看在眼里，我看中的是你……”

铁宏说着，凑过身子来。孟小凡疑惑中带着惊惧，她不知道铁宏想要干什么。

铁宏忽然一把抓住了孟小凡的胳膊，眼睛带着邪火，色眯眯地盯着孟小凡白嫩纤细的脖颈，“当初你来我这里，我就对你有感觉了，你只要答应陪我，那些钱一笔勾销，好不好？”

孟小凡这才如梦初醒，面对铁宏凑过来的硕大的脑袋，她忽然感到一阵恶心。她拼命挣扎想摆脱铁宏铁钳般的大手，但终究女孩子力气柔弱，铁宏慢慢地把她往桌子上压，孟小凡一边踢蹬，一边大叫，无奈这是铁宏的地盘，不管她怎么喊叫，都没有人来搭救她。

就在铁宏即将得手的时候，他办公室的门被“砰”地踢开了，安君带着几个同事冲了进来。安君今天本是过来做例行检查的，正好碰个正着。

两个人被带到了派出所，安君单独审问铁宏。他强压着怒火，问铁宏刚才在办公室干什么。

“没什么，我给钱了……”铁宏满不在乎地说。

“你说什么？”安君不敢相信自己的耳朵。

“我说我给钱了，五万块，谁知道她关键时候又装纯情了，不信你问她，收没收我钱，啊？”铁宏叫嚣道。

“你老实点儿吧你！”安君低声吼了一句，冲出了房间。面对还在哭泣的孟小凡，他低声问：“告诉我，你收他钱了没？”

孟小凡的抽泣停止了几秒钟。

安君又问了一遍，他看到孟小凡迟疑地点了点头，眼泪流得更快了。

04

丁邵峰这些天的日子不好过。台里上上下下都知道了他的事情，虽然不敢明着议论，但看他的眼神分明和以前不同了。张主任又是同情又是痛心，作为男人，他理解丁邵峰的一时糊涂，可是这一时糊涂之后需要收拾的烂摊子，可是谁也帮不了忙的呀！

尽管丁邵峰焦头烂额，但《心路》还得照常播出。令他没想到的是，直播刚开始，上次打电话的那个男人的声音就传了出来。

“丁邵峰，你现在尝到自己种下的苦果了吧？你知道什么叫欲哭无泪了吧？告诉你，我还要和你慢慢玩下去……”

那个男人狞笑着，丁邵峰愤怒地打断了他。

“你到底是谁？有本事你站出来……”话还未说完，电话里已经传来了挂机的嘟嘟声。节目被切换成了音乐，丁邵峰知道电话被切断了，又把邪火发到了张帆身上。

“你干吗切断，干吗？”丁邵峰一副要吃人的样子，张帆恐惧地指了指外面的导播室，示意他是导播切断的。

丁邵峰已经完全失控了，他冲进导播室，吼叫着。导播们面面相觑，任由他发泄。

但这件事情还没有完，录完节目回家，那个骚扰电话又追了过来。电话那头的男人似乎非要今天把话说完。他告诉丁邵峰，一个充满意外又令人满意的结局正在等着丁邵峰，他会笑着看丁邵峰接受他应得的审判。

丁邵峰回拨过去，对方的电话已经关机。他颓然坐进沙发里，双手捧住了头。电话又响了，丁邵峰抓过电话，怒吼了一声：“你要干吗？”

那边传来的却是安君的声音。安君告诉丁邵峰，他刚听节目了，到底是谁打的电话？丁邵峰回答不上来，但是把号码发给了安君。

“其实，这一切都是冲着孟小凡来的，你还看不出来吗？”丁邵峰说。

孟小凡从派出所里出来，眼睛已经干涩得再也流不出泪来了，她回忆着刚刚发生的一切，对于铁宏态度的忽然转变，她总觉得有什么不对劲。

走到家里楼下，忽然看到电梯旁围着一群人，在看墙上贴的什么东西，她也看了过去，一下子，孟小凡的脑子轰地响了起来。原来那墙上贴的是几张照片，照片上正是她被警察从西餐厅带走的情形，旁边还有字注明：公安民警在红玫瑰西餐厅抓获卖淫嫖娼活动……

正在看照片的邻居扭头看到了呆愣的孟小凡，认出她就是照片上那个女主角，立刻兴奋地小声议论起来。孟小凡的脸上像是被人狠狠甩了几个耳刮子，她冲上前去，把那些照片扯了下来，撕得粉碎。

孟小凡失魂落魄地回到家里，最近的一系列事件电影般地在脑海中轮番播映。她最爱的男人离开了她；她刚为唯一的亲人交了医药费，现在却被人逼着还钱；前些日子还对自己笑脸相迎的旁人，如今是倍加指责……越想越觉得自己的前路一片黑暗。

生活已然变得如此黑暗混乱，那活着还有什么意思呢？

在这些杂乱无望的念头的驱使下，孟小凡去了家附近的一家私人诊所，买了大量的安眠药。她并不知道，自己所做的这一切，都被身后一个瘦高的吊儿郎当的年轻男人看在眼里。待孟小凡走远，那人便用手机向幕后老板汇报起了她的行踪与作为。

孟小凡回到家里，一口气吞下了那些安眠药。

搬出家之后，丁邵峰几乎日日借酒浇愁，就连向安君询问匿名电话的调查结果时，也不忘手里的酒杯。安君看到颓废的丁邵峰，原来的怨恨与恼怒减了大半，回去劝姐姐安露，既然姐夫知道悔悟了，两口子还是好好过日子吧，别的不为，就当为丁芋有一个健康有爱的成长环境也好啊。

安露不等他说完，就摆了摆手制止了，感情这个事情一旦变质，是回不到从前的。

这一切，都被安母看在眼里。她疼惜女儿，也疼惜那个一直对自己尊敬孝顺的女婿，决定亲自出马找丁邵峰谈谈。

丁邵峰看到安母来台里找自己，又惭愧又难受。尤其是岳母此番并不为指责自己而来，而是想让自己知道，她能理解和原谅丁邵峰的一时糊涂，只希望他重新回归家庭，重新做一个好父亲好丈夫。

丁邵峰沉重地点了点头，他已然悔恨自己的做法，只是安露不接受回头的他而已。

孟小凡醒了过来，她发现自己躺在一个陌生的房间里，看着周围简洁干净的陈设，应该是一间病房。她费劲地思索，想起自己吃了那些安眠药后，看着丁邵峰的照片，想跟他最后说说话，可是他的电话却一直没人接。孟小凡流着泪，慢慢失去了意识。

此时的孟小凡非常疑惑，孟驰又不在家里，是谁把自己送到这里来的呢？同时也为自己没有自杀成功，终究还是要面对这难堪的一切感到痛苦。

“你醒了？”

痛苦中的孟小凡忽然听到一个熟悉的声音，抬头看到严寒正从外面走过来，严寒告诉她，自己去帮孟驰拿东西，正好撞见孟小凡轻生，因为她吃了不少安眠药，洗了三次胃才好；还说他知道孟小凡不想看到安露，所以没有把她送到新州市人民医院，而是送到了另外一家医院。

孟小凡看着严寒，不知道该感谢还是该埋怨这个将自己从解脱的道路上拉回来的人。仿佛看出了孟小凡的心思，严寒轻声说：“干吗那么傻，你死了，孟驰怎么办？”

这句话像记重锤敲在孟小凡脑袋上。是啊，孟驰还小，又生着那种难治的病，自己死倒是简单，留下孤苦无依的弟弟可怎么办啊?

想到这儿，孟小凡擦了一把脸上的泪水，对严寒说："谢谢您，严大夫。"

"不要客气，主要是我也挺喜欢孟驰这个孩子，而且……我很同情你。我也知道你最近发生了不少事情。"严寒的话让孟小凡很意外，她抬头看严寒，发现他一直笑眯眯的面容忽然变得严肃了起来。严寒拉了一把椅子坐在孟小凡床前。

"我来帮你分析一下最近的事情吧。"

严寒提醒孟小凡想一想她是怎么认识铁宏的，再想想铁宏为什么明知道她还不起钱，却要主动借钱给她，又在关键时刻催逼着还钱。

孟小凡茫然地摇了摇头，这一切她也想过，但都归结于自己太过于单纯，轻信于人，其他的，她就不知道了。

"谁介绍你认识铁宏的?"严寒索性一句点破。

"安露，不会是……"孟小凡摇摇头。

"我说你傻啊，你抢了安露的老公，如果我是安露，我也会这样做。"严寒冷笑着说。

孟小凡半信半疑地看着严寒，又把事情在脑海里过了一遍，越想越觉得严寒说得有道理。自己还觉得安露待她很好，还为此觉得对不起安露。殊不知，安露的好只是表面，背地里却在做着如此狠毒的安排。

孟小凡明白了，她更加感激严寒，不仅感激严寒把她从死亡线上拽回来，还感激严寒提醒了自己谁是幕后黑手。现在她与安露两不相欠了，她决定要好好活下去，活给那些想害自己的人看!

第八章 / 意外

昏　迷　不　醒

“这个男人当初和自己在一起的情意怎么这么快就消失殆尽了？他根本不打算离婚，那又为何背叛自己的妻子，太可怕了……男人太可怕了。”

01

人一旦下定决心，便有了一种无所顾忌的勇气。孟小凡就是这样，身体刚觉得有些好转，便从医院回了家。

孟小凡给丁邵峰打了个电话，希望他能出来聊聊。让她意外的是，丁邵峰这次竟然直接就答应了。

在孟小凡家里，两人相对无言。丁邵峰一脸颓然，孟小凡却有点儿掩饰不住的激动，两人不咸不淡地聊了几句，还没进入正题，孟小凡的电话响了，看到来电的是安露，孟小凡有些愕然，她走到里屋去接。

安露在电话里只说想见见孟小凡，然后说了一个咖啡馆的名字，就挂了电话。

孟小凡走出卧室，客厅里的丁邵峰已经走了，她怅然地站在窗口，望着楼下如织的行人，思索着明天的见面。

第二天，孟小凡来到了安露说的那家咖啡馆，安露显然早就到了。几天不见，安露脸色有些苍白，但整体气色还好。她始终维持着一个自尊心很强的女人的优雅。看到孟小凡进来，她淡淡点了下头，指了指对面的座位。

“你找我有什么事？”孟小凡坐下便问。

“我是想告诉你，我决定与丁邵峰离婚了，我知道你爱他，剩下的事情，你自己把握吧。”安露的声音很稳定，看来这话并非她一时之念。

可是孟小凡丝毫没有感激安露的意思。她仰着头，坦然看着安露，“我是爱他，而且我会一直爱下去。其实，假如你电话再晚一点打，我就不会来了。”

“好，别的我就不多说了，我只求你以后不要再伤害我的女儿。”安露压住内心的怒火。

孟小凡也不耐烦了，她提高声音：“我告诉过你，我没有做过任何对丁芓不利的事情，从来没有！”

“我说你这个人……你抢了我的丈夫，竟然还这么嚣张，你到底是为什么？”安露不可思议地看着孟小凡。

“为什么？”孟小凡冷笑，“你做了什么难道你自己不知道？”

说罢，孟小凡快步离开了咖啡馆，留下一脸茫然的安露。

安露把丁邵峰叫了出来，在车子上，递给他几张纸。

“离婚协议书我已经拟好了，就等你签字了。”安露看着前方，前路空无一人。

丁邵峰没有打开离婚协议，而是扔到了一旁。他焦急地问安露：“为什么要这样呢？为什么？咱们分开了，丁芓怎么办？”

安露依旧没有看他，“你还是接受现实吧。不然，你觉得我应该怎样向丁芓解释她爸爸做的事情呢？”

丁邵峰一时张口结舌，说不出话来。

安露推门下车，丁邵峰愤怒地把手里的协议书撕成了两半。

下午，丁邵峰正在办公室，同事告诉他说会客室里有人找，他以为安露回心转意，兴奋地赶过去一看，却是孟小凡。她手边还放着一个保温桶。丁邵峰皱起了眉头。

孟小凡看出了丁邵峰的不悦。她自我解嘲般地笑了笑，把保温桶拎到了丁邵峰面前，里面是她给丁邵峰炖的汤，最近丁邵峰太累了，需要好好补一补。

丁邵峰摆了摆手，他没有胃口。但既然汤有营养，也不能浪费，还不如叫孟小凡自己拿回去喝了。

孟小凡听得出丁邵峰的逐客令，但她当作没听到，因为她还有很重要的话没有说呢。孟小凡首先问丁邵峰，安露已经提出离婚的事情是不是真的。

丁邵峰艰难地点了点头。

“我是介入了你和安露的婚姻，但是我想，如果你们之间没有问题，那我也介入不了不是吗？”孟小凡理直气壮地质问丁邵峰，丁邵峰没有料到孟小凡会忽然这么说，一愣。

“如果你们离婚了，我希望你还能考虑一下，和我在一起。”孟小凡继续爹着胆子说。

丁邵峰困惑地按了按太阳穴。他忽然想起那天岳母在这里跟自己说的话。她说一段感情，即使是不该发生的感情，也没有那么容易就断掉。岳母说得没错啊，丁邵峰觉得有必要跟孟小凡说清楚一些事情了。

丁邵峰告诉孟小凡，自己与家人之间的问题，没有那么严重也没有那么不可调和，更不会离婚。他特意用了“家人”这个称呼，想让孟小凡知道，安露不仅是他的妻子，还是他生活中不可割舍的一部分。

孟小凡看着冷静述说的丁邵峰，脸色越来越白，她忽然有一种上当受骗的感觉。这个男人当初和自己在一起时的情意怎么这么快就消失殆尽了？他根本不打算离婚，那又为何背叛自己的妻子，太可怕了……男人太可怕了。

在眼泪决堤之前，孟小凡冲出了电台会客室。

丁邵峰站在窗口，抽完一根烟，才拖着沉重的步伐上楼，这时，安君的电话打了过来。

安君问丁邵峰还记不记得寒冬？经过他把最近的一些事情前后串联，觉得寒冬这个人有蹊跷。

“可是他已经死了啊？”丁邵峰十分不理解。

“那你知不知道他的咖啡屋现在归谁了？”安君此时就站在梦凡咖啡屋的门口，他想进去看看，问丁邵峰能不能找一下孟小凡想想办法打开门锁。

“你还是自己去找孟小凡吧。”丁邵峰没好气地说。

安君还想说什么，丁邵峰看到张主任在办公室门口朝自己招手，匆忙挂了电话走了过去。

在张主任的办公桌上，烟缸里有大半缸的烟头，还有一个在冒着淡淡的烟。张主任看着丁邵峰，一副欲语还休的样子。其实前几天他已经找丁邵峰谈过话，最近网上出现了大量的帖子，直指《心路》节目主持人道德败坏，一边在节目中道貌岸然地引导着听众的价值观，一边公开搞婚外情，一时间网上议论纷纷。虽然他极力帮丁邵峰掩饰，但现在领导还是发话了，如果丁邵峰再这样下去，《心路》节目很可能就要被拿下马了。

“其实，他们主要是担心直播中的那些莫名其妙的电话……”张主任试图解释，丁邵峰打断了他。

“不用说了，我知道是怎么回事。”丁邵峰苦笑。

丁邵峰告别，张主任在他身后长长地叹了一口气，惋惜中带着痛心。

02

一大早，安露就来到办公室，严寒已经到了，正在泡茶。安露站在洗手池的镜子旁端详着自己，想起安君前几天劝自己的那些话。一个女人，四十多岁了，忽然离异独自一人抚养孩子，先不说给孩子的影响，单说大人，就不是一件容易的事情啊。

可是经历了丁邵峰的出轨事件，难道这感情还能像以前那样继续下去吗？如果再也回不到从前，安露宁肯不要这份感情了。丁邵峰是她的初恋，也是她这辈子唯一爱的男人，她本来以为自己在丁邵峰的心里也是唯一的，可没想到他心里竟然一直住着另外一个女人，整整十年。

单凭这两件事，安露就不能接受回头的丁邵峰。尽管她也承认，自己还爱着丁邵峰，她常常偷偷地听《心路》，丁邵峰的疲惫与痛苦安露都能听得出来，但她只是紧紧抱着丁邵峰以前穿的旧睡衣，把头埋进去，悄悄地流泪。她情感上的自尊不允许自己回头。

只是丁芋那边……前几天安露接丁芋的时候，遇见孟小凡去幼儿园看丁芋，正在跟她说话。安露走上前去，生拉硬拽把丁芋弄回了家，丁芋又开始不吃饭，惹得自己也大发脾气，可丁芋还哭闹着叫："爸爸不要我了，小凡阿姨也不要我了……"

安露想着，不觉叹了口气，身后传来严寒的声音："虽然憔悴，还是很美。"

安露不好意思地离开了镜子，嘴里说着："严大夫，你可真会开玩笑。"

严寒把一个茶杯放在了安露办公桌上，那是他刚沏好的一杯参茶，女人喝了最好。安露有些尴尬，接也不是，不接也不是，就在这个时候，丁邵峰走了进来。

看到丁邵峰，严寒脸色一沉，扭身回到了自己桌前坐下。

丁邵峰手里提着一个保温桶，径直走到安露跟前说："我担心你吃不惯食堂的饭，给你熬了点儿鸡汤。"

安露鼻子一酸。这个男人看来是真有悔恨之意呀，要知道结婚这么久，他一直是衣来伸手饭来张口，哪儿有下过厨的时候。可现在，竟然给自己熬鸡汤送过来了。

虽然有些感动，但安露很快就调整了情绪。她依旧板着脸，问丁邵峰有没有在离婚协议书上签字。

丁邵峰没有说话，手从口袋里伸出来，把已经撕成一堆碎片的离婚协议书放在了安露的桌子上，这是他对安露提出离婚的态度。他的举动再次让安露吃了一惊，安露转过脸，轻轻但很坚定地说："我会再给你一份的。"

桌对面的严寒看着这一切，表面一副事不关己的样子，心里却在不断地冷笑。

丁邵峰无可奈何地离开了医院。看来安露这里一时不好突破，他想去丁芋的幼儿园看看。女儿的态度安露总是要考虑的。

让丁邵峰万万没有想到的是，他竟然扑了个空，因为丁芋昨天已经转园。幼儿园老师告诉他，是丁芋妈妈来办的手续，老师还很奇怪他这个做爸爸的怎么不知道呢。

"哦，我，刚出差回来。"丁邵峰撒了个谎，出门便打电话问安露。安露承认是自己给丁芋转了幼儿园，但是拒绝回答为什么这么做。

接连失利的丁邵峰回到台里，路过大办公室，正听到那帮导播在议论自己。他想快步走过去，却被张帆发现了。张帆赶上来对丁邵峰说："丁老师，我们都相信您，那些莫名其妙的电话一定是妖言惑众，您别放在心上，咱们节目还指着您呢！"

丁邵峰点了点头，对张帆说："谢谢。"

到办公室刚坐下，一条短信发了过来："你别以为玩弄一个女人可以不了了之，你会得到报应的！"

又是一个陌生的号码，但丁邵峰相信它与前几个打进来的电话一样，属于同一个人。他颤抖着手拨回了电话，果然，还是关机。抱着最后一丝希望，丁邵峰又把号码发信息给了孟小凡，问她认不认识这个电话。

孟小凡很快便回复了信息，说不认识，然后问他可不可以见个面。

丁邵峰抓了抓头发，回道："这个时候，咱们还是不要见面的好！"

自打早上丁邵峰过来，安露一直跑神儿，巡房的时候，她差点把301和302的病人病情弄反了，得亏李佳煜一直跟着提醒了她。李佳煜担心地看着眉头紧锁的安露，内心为她感到不平。

安露回到办公室坐下，用手支着头，长长地叹了一口气。对面的严寒凑了过来，关心地询问她是不是病了，安露摇了摇头。她只是太累了。

“咱们做医生的，更要注意身体才是，有道是当局者迷呀！”严寒意味深长地说，看安露投来异样的目光，他借口要去306看孟驰，转身走了。

晚间，安露哄丁芋睡觉的时候，丁芋忽然睁开眼睛问了一句：“妈妈，你是不是不要爸爸了？”

安露一时无法回答，只好拍着她的肩膀催促她赶紧睡，说今天舅舅在家里，自己要去跟舅舅说话。丁芋懂事地点了点头，翻身睡去了。

安露来到了客厅，叫醒了在沙发上小憩的安君。安露自从那天见了孟小凡，听到她说那句“你做了什么自己知道”后，一直觉得这话怪怪的，所以想跟安君说说。安君于是把铁宏与孟小凡的事情告诉了姐姐。

“孟小凡跟铁宏……交易？”安露不能相信。

安君把嘴一撇，“以孟小凡的性格，你信吗？可铁宏是你介绍的，如今闹了这么一出，她肯定是把所有的恨意都转嫁到你身上了。”

“我也不知道铁宏是这么一个人啊，唉！”安露叹了一口气。

安君提醒姐姐，还是要注意些，事情越来越麻烦了，他不希望安露被卷入其中。

安露没想到背后还有这些事情，躺在床上，她一时也没了主意。

此时的孟小凡也没有睡，总觉得身体的某个部分似乎跟平常不一样了，不停地想干呕。她估计是自己肠胃出了问题，准备趁第二天去看孟驰的时候，顺便检查一下。

隔天，孟小凡来到医院。刚走进孟驰的病房，又是一阵恶心。孟驰看姐姐一脸痛苦的样子，就请正在给自己做理疗的严寒帮忙给她检查一下，孟小凡推脱不掉，只好伸手让严寒把脉。

好一会儿，严寒看了看孟驰，“你姐姐没什么事儿，就是需要多休息，真的，没事。”

孟驰放下心了，转头看自己的泥塑，严寒低下头，悄声对孟小凡说了一句：“多休息，另外，我建议你去看下妇科。”

孟小凡大吃一惊。

03

安露到楼下取病理报告，看到旁边的妇科走出来一个熟悉的身影，仔细一看，是孟小凡。但孟小凡看起来精神恍惚，并未发觉安露。

孟小凡的神色让安露觉得怪怪的，待孟小凡走开，她便走进了妇科，跟熟识的医生闲聊起来，末了有意无意地问了一句：“刚走出去那姑娘，什么情况？”

“怀孕了，”妇科医生随口说，又问：“怎么？你朋友？”

“哦，不是，”安露忙说，又加了一句，“认识而已。”

“刚怀上没多久呢。”妇科医生又说，安露脑子“轰”地响了一下，她匆忙找了个借口辞别了同事，呆呆地回到了办公室。

看着安露木呆呆地走进办公室，严寒给她倒了一杯水，“别给自己那么大压力，你看你现在这个样子，魂不守舍的。”

“谢谢。”安露机械地回答。

严寒看安露不打算和自己说话，又说：“刚孟小凡来了。”

“孟小凡？”安露一个激灵。

“是啊，这女孩神经兮兮的，也不知道在想些什么。”严寒转动着手里的笔，拿眼睛的余光看安露。

安露起身走出了办公室，来到病区，果然见孟小凡正坐在孟驰的床上，低头想心事。安露叫了她一声，她遂起身，跟安露走了出去。

病房楼下的角落里，安露告诉孟小凡她已经知道了孟小凡怀孕的事情，而且她猜到了这孩子一定是丁邵峰的，孟小凡默认了。

安露之所以这么开门见山，是不希望再和孟小凡绕弯子，而是要直截了当地解决问题。她建议孟小凡把孩子打掉，因为虽然自己提出跟丁邵峰离婚，但他也没有选择和孟小凡在一起。现在的孟小凡，一个单身姑娘怀了孩子，先别说以后如何抚养，光外人的唾沫星子就会淹死她！

孟小凡听了安露的话，冷笑一声，这个时候关心自己了？那介绍自己去铁宏那里的时候，怎么不发发慈悲高抬贵手呢？

安露已经从安君那里知道孟小凡对自己有误会，但未曾料到她竟然认为这事是自己一手策划的。她叹了一口气，解释道："我介绍你去铁宏那里，只是想帮你，我怎么知道他是个流氓呢？"

孟小凡压根儿听不进去安露的解释，反而安露的劝解更加激起了她的逆反心理——你不希望我把孩子生下来，我偏要生。

想到此，孟小凡昂起头，傲然说："生不生孩子我自己决定，任何人都无权干涉！要是没有别的事儿，我先走了。"

孟小凡说完转身离去，留下无奈的安露，怅然地在原地站了许久。

晚间，孟小凡接到了安君的电话，安君邀请她一起坐坐。孟小凡猜到安君的意思，本想拒绝，但想了想，又答应下来。

果然，安君也是受安露之托，来劝孟小凡把孩子打掉。孟小凡一直保持着沉默。安君有些气恼，安露劝孟小凡打掉孩子，纯粹是为了孟小凡着想。一直以来，姐姐承受了多大的伤痛啊，可她从来没有责骂过孟小凡，倒是这孟小凡，怎么这么不知道好歹呢？

"你不要以为留着孩子，就能把丁邵峰拉回你身边。我了解他，因为毕竟他是我的姐夫。我不知道他为什么和你产生感情，但我确信，他与我姐之间是有真正的深厚感情的。”安君看孟小凡一言不发，知道她在想什么，索性直接揭穿了她的幻想。

孟小凡抬眼，用一种又惊又怕的目光注视着安君。安君知道，这些话触到了孟小凡的痛楚。

“你还是好好考虑下我的建议吧。”安君说着，拿起外套走了出去。

回到家里的孟小凡又开始干呕，在身体与心理的双重痛苦中，她开始感到从未有过的迷茫。假如父母还在世，他们一定会倾听她的苦闷，与她一起面对一起想办法。可现在她唯一的亲人还住在医院里，这件事情别说找孟驰商量，压根儿就不能让他知道。

丁邵峰呢？该不该把这个消息告诉他呢？孟小凡犹疑着拨通了丁邵峰的电话，响了几声后，电话被挂断了。

孟小凡感觉自己再度被逼到了生活的悬崖边，可她不能再像上次那样不顾一切地去寻死了。即使全世界都抛弃了她，还有孟驰需要她好好活着！想到孟驰，孟小凡忽然想起了一个人，她觉得这个人兴许能帮得上忙。

这个人就是严寒。一直以来，虽然严寒给孟小凡的感觉有些奇怪，但他对于孟小凡姐弟的帮助却是实实在在的，尤其是对孟驰。除了常规的治疗，他还常去帮孟驰按摩，陪孟驰聊天解闷，所以孟小凡姐弟不知不觉地都把他当成了一个可以信赖的朋友。

在得知孟小凡怀孕，但并不想要这个孩子的时候，严寒果然没有让孟小凡失望。他说自己有个同学现在开了家私人诊所，可以帮孟小凡做这个手术，而且安全可靠。孟小凡这才略略放下心，在胡思乱想中渐渐睡去了。

第二日，严寒来到他的同学黄医生的诊所等孟小凡。孟小凡比约定的时间晚了点儿，严寒向她介绍了黄医生，正准备离开，孟小凡叫住了他。

“严大夫，对不起，那个手术，我不想做了……”孟小凡低声说。

“噢，不做了？”严寒意外地说，又点头，“好，不做好。”

经过一夜的思考，孟小凡决定还是要生下这个孩子。她是如此深爱丁邵峰，即使丁邵峰这辈子不能和自己在一起，有他的骨肉陪伴在自己身边，也算是心满意足了。

还有一层更深的意义。孟小凡还是保留着那点儿幻想，万一丁邵峰知道孟小凡生下了他的孩子，重新回到自己身边也说不定呢。

可是，孟小凡也知道人言可畏，要想在这个城市里生下孩子，处处都有别人的眼睛盯着。她决定去南方先把孩子生下来再说。

拿定了主意的孟小凡再度来到了丁邵峰那间初恋小屋的楼下，徘徊许久，还是走了上去。还有一把钥匙没有还给丁邵峰，孟小凡用它打开了房门。她坐在窗下以前常坐的那个位置，深情地望着屋内的一切，不知道自己是否还有机会回到这里。

不知道坐了多久，孟小凡顺手打开了茶几上的收音机，正好听到丁邵峰的声音，《心路》节目直播开始了。

孟小凡稳定下心神，拔通了热线电话。

“丁老师，这恐怕是我最后一次给您打电话了。”孟小凡慢慢地说，直播室里的丁邵峰听到孟小凡的声音，心头一震，不知道该做何回答，幸好孟小凡自顾自说了下去。

“丁老师，我终于决定离开那个不属于我的男人了，我想到一个陌生的地方，开始新生活。”

听到这话，丁邵峰忽然觉得心头紧张的那个地方松懈了，他接过话头：“这位姑娘，我不知道你到另外一个地方开始新生活是不是最好的选择。但我知道，离开一个永远不可能和你在一起的男人，一定是正确的……”

“永远不可能和你在一起”这几个字丁邵峰咬得很重，孟小凡的眼泪随之流了下来。在泪水模糊中，她听见丁邵峰继续说：“我祝你一路顺风，一生幸福。”

“我不想你这么说，我想让你知道，在我心里，有一个地方永远属于他，我永远不会忘记他。丁老师，再见。”

04

做好了去南方把孩子生下来这个决定的孟小凡来到了医院，她告诉孟驰，有个同学帮她在南方找了份工作，工资各方面都比新州强，所以她要去南方一段时间。

孟驰非常不舍姐姐离开，可是姐姐去外地工作，也是为了给自己挣钱治病。他知道自己无法说服姐姐，只求姐姐自己保重，如果去了觉得不行，就赶紧回来。

孟小凡极力忍住心中的难过，笑着安慰弟弟。她又去找了严寒，说自己要去南方一段时间，还拿出了最近攒的一些钱交给了严寒，托他在医院里照顾弟弟，出院的时候，她再来接。

严寒点头答应，真诚地表示让孟小凡放心，接着又把她送出了医院。

安露刚做完手术回来，脑海里还在想着孟小凡怀孕的事情。听安君说，孟小凡依旧固执得很，万一她真的把孩子生下来，可怎么好呀！

正想着，严寒推门进来，看到安露便嚷着累坏了。

“病人很多吗？”安露没有抬头。

“病人倒不多，就是在缴费处排了一个多小时的队。”严寒去洗了把脸说。

“你去缴费处干吗？”安露很奇怪。

严寒看安露终于抬起了头，便告诉她，自己去帮孟驰缴费了，又说孟小凡要走了，去南方，不回来了。所以把缴费的事情托付给自己，他不去也不行啊。

“那姑娘，神经兮兮的。”末了，严寒又补充说。

听闻孟小凡是下午的火车，现在已经时至中午，安露惊得从椅子上弹了起来，发现严寒正盯着自己，掩饰地说："忽然想起件事，我出去一下。"

安露走到楼梯间给丁邵峰打了个电话，简短地告诉了他孟小凡怀孕的事情，叫丁邵峰赶紧去火车站阻止孟小凡。

丁邵峰大惊失色，顾不得细问，驱车朝火车站驶去。路上，他不停地拨孟小凡的电话，终于电话通了。

"我现在赶着去车站，有事的话你在电话里讲吧。"听到丁邵峰要见自己，孟小凡回答得很干脆。

"小凡，我……"丁邵峰不知道该怎么说，他还沉浸在得知孟小凡怀孕的巨大震惊中，张了口却无法表达自己的意思。

"你不要说了，我把孩子生下来，但我不会告诉他父亲是谁……"孟小凡打断了他的吞吐，很干脆地把他要问的事情说了出来。

"把孩子打掉，我求你了。"丁邵峰低声然而恳切地说。

"不，我已经决定生下来了。"孟小凡毫不为其所动。

"如果你真的决定生下来，"丁邵峰努力咽了口唾沫，"那留在这里生好吗？"

"留下来？"孟小凡心里一动，"我留下来，你还会像以前那样照顾我吗？"

丁邵峰沉默了，孟小凡从他的沉默里得到了答案，她默然关了电话。

火车站到了，孟小凡从出租车上下来，到后备厢取出箱子，又看了一眼四周喧哗的街道。别了，熟悉的一切；别了，这个曾给我留下欢笑与泪水的城市……

孟小凡拖着箱子朝马路对面的火车站广场走去，刚走到路中央，她忽然听到了一阵巨大的轰鸣声，在还没明白过来怎么回事的时候，一辆车从旁边撞了上来，孟小凡只来得及后退一步，车子便擦着她的身体把她狠狠撞倒在地。

在昏迷之前，孟小凡看见了一辆与丁邵峰的车一模一样的黑色越野车，还有一模一样的车牌号。

安露给丁邵峰打完电话，便一直站在原地焦急地等待丁邵峰的消息，时间漫长得像是停止了一样，丁邵峰的电话终于打过来了。

“怎么样？”安露劈头便问。

“唉，”丁邵峰叹了口气，“我话没说完她就给挂断了，再打，关机了。”

安露绝望地把手机压在了胸前，一种不祥的预兆正慢慢从心底浮起，她觉得自己的腿有些发软，身体不由得靠在了墙上。

小护士李佳煜送一位熟人到楼下，转头间忽然看到一个身穿黑衣黑裤带黑色墨镜的人，那人身上的怪异装扮让她不由自主多看了两眼，这不是严寒医生吗？！可是从装扮与神态看，又与之前的他判若两人。上班期间，严寒怎么这副打扮呢？

好奇的李佳煜决定到办公室看看，正遇上安露手脚无力地靠在那里，便走过去问她是不是不舒服。

“没事儿，早上没吃饭，可能是饿的。”安露找了个理由掩饰过去，与李佳煜一起朝办公室走去。到了办公室，严寒的桌子前空着，李佳煜困惑地皱起了眉头。

安露在办公室休息了一会儿，身穿白大褂的严寒便走了进来，看到安露，他的脸上露出了让人难以揣测的笑容。

“严大夫，你去哪里了，刚才有病人找你。”李佳煜不知道打哪儿钻了出来。

“哦，我送一个病人下去，聊了一会儿天。怎么，谁找我？”严寒扶了扶眼镜问。

“我帮您处理好啦。”李佳煜调皮一笑，走开了。

严寒转过头看着安露，他看得出安露有些心神不宁。

“你知道吗？我听说孟小凡被人撞伤了，现在送到医院正抢救哪！”

“啊！”安露一下子慌了，她起身往外走，一边匆忙交代严寒帮自己照应着点，自己要出去办点儿事。

严寒看安露走出办公室，自己也随之走到了病房区，在306房，他叫了正在做泥塑的孟驰一声。

“不好了，小驰，你姐姐在去火车站的路上被汽车撞了，现在被送到了三院……”

严寒话还没说完，孟驰已经跳下床往外跑去了。严寒犹豫了一下，抓起床头孟驰的外套也跟了出去。

在三院某间病房里，孟小凡已经醒过来了，她除了有些脑震荡和擦伤外，身体没有什么大碍，孩子也没怎么受影响。回忆着刚刚发生的一切，孟小凡沉浸在一种巨大的惊惧中。她接了丁邵峰的电话，最后看到的也是丁邵峰的车和车牌号码，孟小凡怎么也想不到丁邵峰竟然如此绝情，居然在知道自己怀孕之后还下此毒手。

孟小凡正胡思乱想着，孟驰推门进来，扑到床上就哭。他唯恐姐姐有个三长两短，他在这个世界上就再没有一个亲人了。

“我没事，真的没事，孟驰你不该出来啊，赶紧回医院去吧。”孟小凡拍着孟驰的背安慰着，看孟驰还是泣不成声，她告诉弟弟：“姐姐不走了，你放心吧，先回医院去，啊？”

孟驰走后，严寒悄然走了进来，孟小凡得知是他的朋友把自己送到医院，对严寒更加感激。此时的严寒，俨然已经成了孟小凡姐弟心中的正义之神。于是孟小凡把丁邵峰的电话，及看到丁邵峰的车与车牌号码的事情跟严寒说了。

“就是丁邵峰干的，他太狠毒了！”孟小凡嚷着。经过这件事情，她更加确定自己要把孩子生下来！

“其实你看到的也许不是肇事车辆，兴许他只是打旁边路过呢，肇事车主已经被抓起来了，不是丁邵峰。”严寒分析说。

“就是他的车，我虽然不知道怎么是肇事车辆撞倒的我，但他脱不了干系。”

不分析倒罢，一分析，更激起了孟小凡的怒火。丁邵峰这个人智商多高啊，他自然不可能亲自撞自己，这是他设好的局。不然的话自己怎么这边刚挂了电话，紧接着就被车撞了呢！

孟小凡越想越愤怒，她决定与这个伪君子，与对自己不公的命运抗争到底！

第九章 / 困兽

昏　迷　不　醒

离开不爱自己的人，其实是一种幸运。人生很多时候，即使不舍，也需要学会淡忘。勇敢走过去，便又是一片天空。

01

安露匆忙离开医院，找到丁邵峰，把孟小凡被撞的事情告诉了他，丁邵峰大惊失色。

安露看着他，认真地问：“这事儿跟你有关系吗？”

“怎么会跟我有关系呢？”丁邵峰坚决否认。安露其实也不相信这事儿跟他有关，丁邵峰这么一说，她也就不再追问，先赶回去打听孟小凡的消息。

丁邵峰打电话给安君，说了孟小凡被撞的事情，叫他帮忙查找她被送到了哪家医院。而后自己奔出房门，从最近的一家医院开始找起。

没想到在第一家医院就一下子查出了孟小凡的病房号。丁邵峰稍微喘了一口气，来到了护士所说的病房，可他吃惊地发现这里除了一位十五六岁的小姑娘，剩下的两位都是中年妇女，于是疑惑地询问孟小凡是不是在这间病房里。

小姑娘笑着回答：“是啊，我就是，你找我有事吗？”

原来是同名同姓，搞错了！丁邵峰垂头丧气地走出病房，继续到下一家医院去寻找。

在三院，丁邵峰终于确认了孟小凡的信息，却又得知她刚办了出院手续，被人接走了。

“被谁接走了？”丁邵峰很诧异。

小护士想了一下，回答：“可能是她男朋友吧。”

严寒把孟小凡送回了家。对她的遭遇，严寒表示出了极大的同情与愤慨。他对孟小凡保证，出于一个朋友的关怀与一个公民的良知，自己一定会让丁邵峰这个负心人得到惩罚。

丁邵峰徒然奔劳了一天，还是没找到孟小凡，却接到了安君的电话，说有重要的事情找他。

“孟小凡被撞的事情，是不是跟你有关？”安君狠狠抽了一口烟，问道。

疲劳交加、痛苦至极的丁邵峰一下子火了。安君作为一个警察怎么连脑子都不动动，就直接怀疑自己呢？自己就那么像一个犯罪嫌疑人？

“孟小凡怀的是我的孩子，我现在跟你姐闹成这个样子，你觉得我会干出那种事情来吗？”丁邵峰站起来对安君说。

“我只是在帮你排除嫌疑，你干吗这么激动？！”安君也毫不客气。

丁邵峰无可奈何地又坐了下来，听安君讲。安君说他已经调了出事现场的监控，发现孟小凡是为了躲避一辆黑色越野车，才被肇事车辆刮伤的。根据画面显示，如果孟小凡不是下意识地躲避了一下，她肯定会被那辆越野车直接撞到。

“如果被撞到，那后果就不堪设想了。”安君说。

丁邵峰一时没有反应过来，问：“这跟我有什么关系？”

“我告诉你吧，那辆要撞孟小凡的车，无论是型号还是车牌号，都跟你那辆一模一样！”安君用手敲着桌子，一字一句地说。

“啊？”丁邵峰没有想到事件背后还有这样的蹊跷，他不解。车型与车牌号完全一致，怎么会发生这样的事情呢？

“你该不是已经把我当成嫌疑人了吧？”丁邵峰颓然说道。

“不，我倒是把这件事情和之前的骚扰电话联系起来了。所以，你以后可要注意安全。”安君看着丁邵峰，担忧地说。

丁邵峰回到台里，做节目的时候怎么也无法集中精力。他偷偷地编辑了一条短信给孟小凡，正要发出去，旁边的张帆捅了他胳膊一下，示意他回答听众的问题。

丁邵峰迅速在脑子里捕捉刚才的电话内容，无奈一片空白，他只好尴尬地请听众重复了一遍。

这是个被男友抛弃的姑娘，她告诉丁邵峰，因为无法接受这个事实，她已经不想活了。

丁邵峰劝解道，离开不爱自己的人，其实是一种幸运。人生很多时候，即使不舍，也需要学会淡忘。勇敢走过去，便又是一片天空。

收音机旁，孟小凡默默地听着丁邵峰的这些话。她在冷笑。好一个学会淡忘，他做下那么狠毒的事情，现在却轻描淡写地叫人淡忘，好一个道貌岸然的伪君子啊！

孟小凡再也忍不住，又把电话打了进去。

“丁老师，我爱着一个男人——”

孟小凡刚一开口，丁邵峰已经猛然坐直了身体，紧张地听着她的声音。

“——我以为他也爱着我，他总是那么温柔、体贴。可是我万万想不到，他竟然开车撞我，不管是为了什么原因，我猜，他是不想让我活在这个世界上——”

孟小凡的声音很冷静，丁邵峰猛地动了一下身体，几乎把脑袋贴在话筒上，他说：“事情不是你说的那样，到底是怎么样，我……我一时也解释不清楚，你现在在哪儿？”

孟小凡迅速挂断电话，惊醒过来的张帆赶紧切换上广告，丁邵峰还在对着话筒吼叫，见那边没有了声音，又问张帆是怎么回事。

“丁老师，人家已经挂了。”张帆轻轻地解释。她对丁邵峰的失态似乎已经习惯了。

下午的时候，在电台的会议上，张主任传达了上级的意见。上级希望电台节目能够多弘扬“和谐社会”这个主题。与会的人面面相觑，嘴上不说，心里都知道是《心路》节目最近做的关于出轨的话题过于热烈，加上主持人这档子事儿，上级不得不出面干涉了。

“我觉得呢，咱们在《心路》节目里可以多做些和谐家庭的内容。和谐社会，不就包括和谐家庭嘛，也跟咱们节目的宗旨——婚姻家庭爱情相符嘛。”张主任看大家不说话，自己先提出了个想法。

众人纷纷附和，只有丁邵峰木呆呆地坐着，看着桌子上的几张白纸。

“邵峰，你说呢？”张主任敲了敲桌子，丁邵峰如梦初醒，赶紧点头：“主任说得是、说得对，我赞同。”

熬到会议结束，丁邵峰悄悄找张主任说，自己想请几天假，张主任说什么也不同意。《心路》节目正在关键时刻，丁邵峰走了，这个担子谁能马上挑起来？再说不就是有人打骚扰电话嘛，公安部门已经介入调查了，丁邵峰要是畏惧退缩了，不是助长那坏蛋的气焰吗？不管于公于私，他都不希望丁邵峰临阵脱逃。丁邵峰怎么好说自己现在还摊上了飞车撞人的恶性事件呢？

两人僵持之际，同事过来告诉丁邵峰，楼下有个姑娘要见他，而且说了，今天见不到丁邵峰就不走。

丁邵峰有些莫名其妙，他走出电台大楼，一眼看到正对楼门站着的孟小凡，心里“咯噔”一下。

孟小凡直盯盯地看着丁邵峰走到了跟前，她紧绷的嘴角微微弯了一个弧度，露出一个讽刺的微笑。

“看见我活生生站在这里，是不是很失望啊？”

“小凡，你听我解释，那天我的确给你打电话了，可是后来就联系不上你了，再后来的事情我根本不知道。”丁邵峰急忙解释。

“不知道？哈，我都看到你的车和车牌号了你还说不知道？”孟小凡抱着双臂，嘲弄地看着显得有点儿可怜巴巴的丁邵峰。

丁邵峰更着急了，“小凡，你说的那个我没法说清楚，可是当时你挂断电话后，我是经过了火车站，但是你被车撞的时候，我已经回家了，车就停在小区里。”

“我看到了，我真的看到了。”孟小凡嚷了起来，楼上的同事开始一个个探出头，连张主任也在其中。

“小凡你冷静想想，我撞你干吗？我没有理由啊！”丁邵峰尽量压低声音，但孟小凡已经不管不顾了。

“丁邵峰我没想到你这么狠，我已经准备离开你了，我生下孩子也不准备告诉他亲生父亲是谁，可你还要逼我？你……”孟小凡声嘶力竭地吵闹着，她的失态，引起了一个从大楼里走出的中年男人的注意。

“好，你要生就生，你留在本地，还住在那套房子里，我找人伺候你，行不行，行不行？”丁邵峰咬着牙。

“我不需要！”孟小凡叫了一声，转身奔出了电台大门。她在路上狂奔着，似乎要把这让人心痛的一切远远甩开。

02

跑了没多久，孟小凡就觉得腿脚沉重，胃里难受得很。她扶着一棵行道树大口地喘气，眼泪一颗颗砸在了地上。

一只捏着名片的手伸到了孟小凡的眼前，她抬起头，看到了一个西装笔挺的中年男人。那人用一种同情的热切的目光注视着自己，并用非常职业化的声调说：“我是个律师，我知道你需要帮助，我一定会帮你。”

孟小凡接过名片，看了看这个叫赵明的律师。

孟驰正在为姐姐孟小凡的那个头像泥塑做最后的修饰，忽见姐姐急匆匆闯了进来，脸上似乎还有未干的泪痕，紧张地问她怎么了。

孟小凡不说话，只是把孟驰的东西飞快地归置了一下，然后才转头对弟弟说：

“我们走，换一家医院。”

孟驰不知道姐姐为何忽然做出转院的决定，他也不敢多问，赶紧披上外套跟在姐姐身后就要往外走。

孟小凡正要拉门，门被从外面推开了，严寒正站在门口，一脸愕然地看着姐弟俩。当听到孟驰说孟小凡想给他转院，严寒一把抢过孟驰的外套。

“哪儿也不去，我告诉你们，孟驰的治疗刚有点儿效果，现在转院就前功尽弃了。”严寒盯着孟驰，孟驰犹豫了一下，回头看了看病床。

严寒看孟小凡还站在门口不动，就用更加严厉的语气对她说：“你现在转院，就是拿你弟弟的生命开玩笑，你知道不知道？”

孟小凡长长地叹了一口气，严寒提到弟弟，她便不能再坚持了。严寒看她有所妥协，吩咐她放好东西，然后把她叫了出来。严寒对孟小凡说，他知道孟小凡怕丁邵峰再对孟驰做出什么不利的事情，不过他让孟小凡放心，只要他严寒在，孟驰就不会少一根汗毛。

“谢谢您了严大夫。”孟小凡发自内心地感谢严寒，经历了这么多让自己心灰意冷的事情后，竟然还有一个真心实意帮助自己的人，实在是不幸中的大幸。

“别这么客气，小凡，咱们现在是朋友了，朋友互相帮忙，应该的不是吗？”严寒好言相劝。看孟小凡两眼泛红，他又说：“我给你出个主意，明天你还得去电台，直接找台长告发丁邵峰。”

“明天……就不去了吧……”孟小凡犹犹豫豫地说，她今天去电台，本来也不是想闹事，只是心里太气愤，想要去质问一下丁邵峰。现在严寒真叫自己去闹事，她反而觉得这似乎不妥当了。

“心软了是吧？”严寒冷笑，“你想想他开车撞你，撞你肚子里孩子的时候，怎么不心软啊？”

孟小凡不言语了。她反复思忖着严寒的话，眼睛里露出一丝冰冷的神情。

在安露母亲家，一家人在吃晚饭。以往热闹的气氛已经一去不返，空气中浮动着愁闷与忧郁。丁芋噘着嘴，一口也不愿意吃，她想爸爸，吵着要见爸爸，任凭谁劝也不答应。

安母只能一个劲儿地叹气，安露也吃不下饭了。

饭后，安露悄悄找到安君，问他孟小凡撞车的事情可有什么新进展。安君摇了摇头，他告诉姐姐，现在自己最担心的就是丁邵峰，丁邵峰已经完全被这件事情给卷了进去，几乎要崩溃了。

安露听了，许久没有说出话。纵使她提了离婚，但她的心始终还在丁邵峰身上。同时她也在为丈夫深深地忧虑着，可是又不知道该怎么做能帮到他。安露决定听从弟弟的劝告，抽个时间去那所房子里看看丁邵峰。

律师赵明接到孟小凡电话的时候，心中暗喜。他知道自己人生的一个大机遇就要到来了。关于孟小凡和丁邵峰的事情，在几个月前报纸上出现报道的时候他就已经注意到了。因为和电台有相关业务，后来他也不断从电台那里得到一些后续消息，本来就相当地了解与关注，现在看到有机可乘，当然不能放过。

赵明知道，一个律师想要出头，靠的就是打一场世人皆知的官司。要打这场世人皆知的官司，最好的选择是与名人打，名人的关注度，加上人们对婚外恋这类情感纠纷的敏感与窥私欲。不管结果如何，定会将他这个本来默默无闻的律师的知名度提高几十倍。

但是面对孟小凡，赵明可不会将这份心思泄露一丝一毫。对于孟小凡的请求，他先是思虑了一阵，小心地说：“跟名人打官司啊，难度很大，因为人家知名度摆在那里嘛，有人脉有关系有资源，咱们相对处于弱势啊。”

孟小凡闻听，眼神黯淡了下来，她根本没有想到这些。正要询问赵律师有没有其他办法，赵明把手撑在桌子上，盯着孟小凡，忽然换了一种口气。

“但是，对于你的事情，我非常同情，基于此，不管这官司有多难打，我都会帮你打下去，帮你打赢它！”赵明的手握成拳头在空中挥了一下，显示出其无比巨大的决心。

很快，一条以“某主持人婚外恋有私生子”为标题的消息便在新州媒体的大肆渲染下，传遍了大街小巷。

张主任把丁邵峰叫到办公室，问这主持人是不是他？

“没写我名字吧？”丁邵峰气急败坏地否认。

“名字倒是没写，只要不是你就好。我相信你，你不是那种人。”张主任笑了笑。话虽说得和软，但听在丁邵峰耳朵里，却像扎进了一根根尖锐的刺。

张主任也很为难。前几天孟小凡来电台那么一闹，已经是满城风雨，今天这报纸上的新闻又等于是推波助澜，再这样下去，他这个主任的位置估计就坐不稳了。早知道这样，还不如当初批了丁邵峰的假呢！可是他也没有想到背后有这么多说不清楚的糊涂事啊！

看到丁邵峰低头无语，张主任拿出他的计划，不都说忍一时风平浪静嘛，从长期的角度考虑，他建议丁邵峰暂时出去躲躲风头。西区有个新开的度假村，听说风景很不错，他已经跟那边的前台打过招呼了，丁邵峰随时都可以过去住。

丁邵峰一看张主任都已经安排妥当了，自然也明白了他的意思。事到如今，他还有别的选择吗？

丁邵峰简单收拾了一些东西，便直接从家往度假村去了。路上，他脑海里不断闪现着最近发生的这些事情：陌生人来电，威胁信息，孟小凡怀孕，孟小凡被撞，之前他一直认为这些事情是冲着孟小凡来的，现在看来没有那么简单！他决定利用这段清净的时间，好好把事情的前因后果捋一捋，说不定能找出那个幕后黑手。

03

丁邵峰一路没有停，一直开到了度假村。这个度假村地处郊区，人不多，环境宜人，在这里住几天散散心也是不错的选择。丁邵峰想着，一进房间，东西一丢，就直接倒在了松软的床上。

“是该歇歇啦！”丁邵峰伸了个懒腰。

忽然，门口传来一阵敲门声，出去一看，是个服务员，她手里拿着一封信，给丁邵峰的。

丁邵峰觉得奇怪，自己刚住进来，怎么就会有信件呢？疑惑间他打开信封，里面是一张折叠的A4纸，再展开，丁邵峰倒抽了一口凉气。A4纸上贴着大小不一的黑体字，一看便知是从报纸上剪裁下来贴在一起的。这些黑体字组成了一句话：你以为你躲起来，我就找不到你了吗？

脑子里出现了几秒钟的空白之后，丁邵峰跑了出去，刚才那个服务员还没走出多远，丁邵峰叫住她，得知刚才送信的是个男人，刚刚离开。丁邵峰箭一般地冲下楼去，恰见一辆白色的面包车在他眼前一闪而过，冲出了度假村，丁邵峰想也没想，便钻进自己的车里，紧紧地跟了上去。

追了一段路后，丁邵峰一脚油门踩下去，冲到了那辆白色面包车的前面，硬生生地别停了对方。丁邵峰跳下车，一把拉开对方的车门，不由分说地拽出了司机，怒气冲冲地问：“是你他妈给我送的信吗？”

司机是个精瘦的男人，一脸奸诈相，他抓住了丁邵峰拉自己领子的手：“你干吗呀你，你神经病吧？我给你送信？我送可乐的，你搞清楚了再说好吗？”

送可乐的？丁邵峰一愣，手松开了。到底他没有亲眼看到是谁把信交给服务员的，眼前这个男人纵然可疑，但如此理直气壮，丁邵峰也不太确定了。

“有病啊你！”男人骂了一句，转身上车。

丁邵峰望着徐徐后倒的面包车，困惑地思索着，此时那面包车已经又绕到了他面前，车窗摇了下来，那个男人探出头，叫道：“丁教授，想知道是怎么回事儿吗？欺负小情人了呗，拜拜了您哪！”

说着，面包车绝尘而去，留下气得几乎崩溃的丁邵峰站在原地顿脚。如果他现在手里有一把机关枪，他真会把一梭子子弹全赏给这个无聊无耻的家伙！

可是，丁邵峰也知道，这个家伙绝对不是一个人。那些人躲在黑暗中，一步步为自己设好圈套，等着自己陷入、挣扎……可这一切究竟是为了什么呢?

丁邵峰站在空地上，“啊”的一声大叫了出来，事到如今，他也只能用这种曾经自认为很幼稚的方法来发泄了。此时的丁邵峰就像是被困在一张无边无际的网里，无论怎么挣扎，都无法逃脱，眼见着这网越收越紧，越收越紧……

丁邵峰跳上车，回到了电台。张主任很意外，不是去度假村了吗?怎么又回来了呢?

“我为什么要躲起来，我又不是小偷我干吗东躲西藏，我要是再这样我就要憋死了你知道吗?”看着丁邵峰挥舞拳头，张主任有些不知所措。

张帆匆匆跑了进来，告诉丁邵峰，孟小凡又来了，就在电台楼下。在两人诧异的目光中，丁邵峰冲出了屋子。

丁邵峰站在了孟小凡面前，孟小凡神色冷峻。她义正词严地告诉丁邵峰:“从今天起，我不会放过你了!你一定会为你的所作所为付出代价!”

丁邵峰无奈地叹了一口气，他并不在乎孟小凡的这种态度。他已经做错了事情，不管孟小凡做什么他都心甘情愿承受。但是眼见现在并不只有他们两个人的恩怨，在别的地方，躲着些看不见的黑手，正瞅准机会对他或者她施以打击。但这些，丁邵峰又不能明明白白地说给孟小凡，而且即使说了，她也未必相信。

“我现在只求你自己注意安全，不要让别人有机会去伤害你，好吗?”丁邵峰唯有恳切地如是说。

孟小凡冷笑起来，伤害自己的人就站在眼前，却还在演戏!一瞬间，她忽然有些后悔当初自己和这个人在一起的时光了。

“我真不知道自己当初为什么和你这样的人在一起!”

孟小凡甩下这么一句话，转身离去。丁邵峰蹲在地上，他感觉胃部痉挛般的疼痛。不远处，一辆白色面包车滑下车窗，车窗里一双眼睛看着丁邵峰难受的样子，露出了满意的笑容。

安露担心孟小凡在误会之下做出什么极端的事情来，试图叫安君去劝她，可孟小凡这次却干净利落地拒绝了安君要见面聊聊的请求。她知道安君想说什么，但她不想听。现在的孟小凡，完全把自己放在了一个受害者的角度，她仇恨丁邵峰，以及丁邵峰身边的所有人。她如今有了律师赵明撑腰，赵明在闻听了她的遭遇后，一边对丁邵峰这种玩弄女性道德败坏的行为做出谴责，一边也极力保证，自己一定会帮孟小凡出这口气的。他已经就此问题给丁邵峰打过电话，丁邵峰同意跟他见面谈孟小凡的事情。

对于孟小凡选择和自己打官司，丁邵峰并不意外。尽管打官司对于自己未来的影响不敢想象，但这也比让孟小凡处于危险之中好。

丁邵峰又回到了台里，《心路》节目照常播出。既然上头说要和谐，那么他们也随之做出了一个新的策划主题：拯救爱情。这一期节目要谈的就是怎样面对生活里歇斯底里的感情。这是听起来新鲜却很普遍的情感问题，主持人张帆说完开场白，第一个电话就接了进来。

“喂，”一个深沉的男声传了过来，“丁老师您好。”

“您好，这位听众。”

“丁老师，我一直在听你的节目，特别喜欢你，我的情况是这样，前一段我遇见个女孩，和她发生了婚外恋，我不知道该怎么办了。想请教丁老师，如果你遇到这种问题会怎么办？”

丁邵峰忽然觉得这个声音有些异样，尤其是打电话的人腔调中明显带着戏谑的感觉。他敏感了起来，试图追问下去，但对方一笑，挂了电话。

下了节目，一条短信又发了过来：“丁老师，如坐针毡的滋味怎么样？我将继续期待你更加精彩的表演！”

丁邵峰狠狠地攥着手机，四面的墙壁都像是在朝自己挤压过来。他忽然觉得自己像一头困兽，四面八方充满攻击，可他连敌人的方位都搞不清楚。

而此时，安露的焦虑与压力一点儿也不比丁邵峰少。她夜夜为丁邵峰担忧失眠，白天还要继续工作，整个人瘦了一大圈。护士李佳煜看不下去了，她瞅了个机会把安露叫到了花园里，劝她原谅丁邵峰的一时糊涂，丁邵峰眼下四面受困，正是需要安露的时候，她可千万不能做出离婚这种傻事。

安露长叹了一声，她的烦恼与痛苦，未婚的李佳煜怎么能够理解呢？

04

安露每日的愁眉不展，安君都看在眼里，除了劝慰姐姐，最重要的是赶紧把孟小凡的案子查清楚，还姐夫一个清白。唯有此，姐姐濒临破碎的家庭才有可能破镜重圆。

经过出事地及周边监控录像的调取比对，安君终于有了发现。就在孟小凡被撞的时间段，与丁邵峰车型和车牌号一样的车出现了两辆，一辆在出事现场，一辆在距离出事现场 20 分钟路程的一条街道上。

“也就是说，有另外一辆车，故意冒充丁邵峰撞了你。”安君对孟小凡说。

孟小凡看完监控视频，呆住了。在明确的事实面前她这才明白，自己恨丁邵峰、报复丁邵峰的前提根本不存在，他是被冤枉的。

而且，孟小凡进一步意识到，如果有人在刻意冒充丁邵峰加害自己，那么丁邵峰其实也是受害者之一。再联系到电台里听到的那些莫名其妙的电话，孟小凡不禁打了个寒战。

从公安局出来后，孟小凡直接找到了丁邵峰，什么都没说，便紧紧抱住了他。

“邵峰，我错怪了你。”孟小凡哭着说。

丁邵峰拍了拍她的肩膀，“没事，我只是担心你。”

两人分手后，孟小凡心情很沉重，不知道该怎么面对以后的一切，她站在医院楼下，不知所措地看着远处的天空。

严寒走了过来，孟小凡告诉他自己可能冤枉丁邵峰了，严寒脸一沉，“为什么这么说？”

孟小凡讲了自己看到的监控录像，严寒冷笑了一声。

“你这个人哪，太单纯了，”看孟小凡不解，严寒继续：“你不用说我就知道，一定是安君给你看的对不对？安君是安露的弟弟，他们是一家子，一定会想方设法给丁邵峰洗脱罪名的，你懂吗？”

严寒一副恨铁不成钢的样子，看到他为自己这么着急，孟小凡一时也拿不定主意了。

“别瞎想了，还是去看看孟驰吧，他才是你最需要照顾的人。”严寒拍了拍孟小凡，安慰着，又嘱咐她有事就开口，自己一定会尽力帮助她。

孟小凡帮弟弟打了一暖瓶开水拿回病房，赵明律师的电话就打了进来，她赶紧拿着手机出去接。

赵明告诉孟小凡，自己已经见过丁邵峰了，要和她商量下一步的行动。让赵明万万想不到的是，孟小凡竟然说自己要放弃打这场公司了。

“你不能这样啊，一切我都准备好了，”赵明急急地说，又问：“你看我那律师费……”

话音未落，孟小凡已经挂断了电话。

安露在办公室里闷闷不乐，严寒提出请她吃个饭，安露想了一下，同意了。

严寒选的是一家非常有情调的餐厅，餐台铺着雪白的桌布，红烛摇曳，温馨浪漫。

“这地方挺不错。”安露漫不经心地说。

严寒一笑，举起杯，“能和你这样漂亮的女人吃饭，是我的荣幸，当然要选高雅的地方啦。为这，我也要跟你干一杯。”

安露勉强地笑说：“严大夫，你又开玩笑了。”

严寒一饮而尽，放下酒杯，叹了口气。告诉安露自己非常为她感到不平，丁邵峰他有这么漂亮贤惠的一个老婆，却身在福中不知福。如果是他，他不知道会多珍惜安露。

安露觉得严寒的话有些离谱，忙给他又倒了一杯酒，顺便把话题岔开。

吃了一会儿饭，严寒指着桌子上高低起伏的烛台，问安露哪一支蜡烛最亮。安露摇摇头，这怎么判断呀。严寒于是把一支蜡烛由烛台上取下，端到了安露眼前，再度问她同样的问题。

“自然是眼前这支看起来最亮了。”安露只好回答。

“所以说，任何事情，不到面前，咱们永远看不清楚实质。”严寒一语双关，“拥有的时候不懂得珍惜，失去了才知道可贵，你眼前，就是这样一个人。”

安露陷入了沉思。严寒以为自己的一番话起了作用，便不再继续说，只催促安露赶紧吃饭。

严寒的这一番话，的确起了作用，它让安露意识到，任何一种感情都不可能是完美的。在不断遭遇各种挑战或者诱惑的现今社会，也许唯有珍惜以对，才是令它常青的一个秘诀。

第二天，安露来到了丁邵峰的房子，她发现丁邵峰虽然住在这里，却只有沙发常坐的那一片是干净的，床上也扔得乱七八糟，可见丁邵峰住在这里的心绪有多么杂乱。安露叹了一口气，一番清扫后准备离开时，丁邵峰回来了。

两个人面面相觑，一时间百感交集。许久，还是丁邵峰开口了：“你，怎么在这里？”

“孟小凡以前给我的钥匙。”安露说着，准备要走，丁邵峰轻轻拉住了她的手。

安露并没有像以前那样甩开：“自己一个人要注意，别瞎对付。”顺着她的目光，丁邵峰看到餐桌上摆着自己最爱的几个菜，还冒着热气。一瞬间，眼睛湿润了。

孟小凡已经习惯了在《心路》播出的时间段里打收音机，倾听那个让她动容的声音。这个习惯在之前那段她对丁邵峰充满仇恨的日子里，也没有忘记。

今天，孟小凡又坐在了收音机前，静静地听丁邵峰安慰一位失恋的女孩子。

对女孩的痛苦，丁邵峰表示感同身受，又向她介绍了一位叫时间的朋友，这位朋友一定会帮她淡忘伤痛，走向未来。

孟小凡出神地听着，忽然，听到了一个稚嫩而熟悉的声音。

“我想我爸爸了，我想给爸爸唱首歌。”

这不是丁芋吗？孟小凡猛然抬起了头。

直播室里的丁邵峰也听出了女儿的声音，他绽露出这段日子以来鲜见的笑容。

“我要找到我爸爸，走到哪里都要找到我的爸爸……若你见到他就让他回家。”丁芋唱得很认真，丁邵峰泪如雨下。

“爸爸，我唱得好听吗？”丁芋天真地问。

“好听，特别好听。”

“那你什么时候来接我呀？”

“等着吧，我一定会去接你的。”

丁芋开心地挂了电话。

安露在办公桌前，默然地关掉了收音机。她打开书本，却一个字都看不进去，严寒又泡了一杯参茶给她端了过来。

“女人啊，这一辈子最重要的是要找个靠得住的男人。”严寒偷眼看安露。

安露揉了揉酸痛的颈肩，淡淡地笑，并不答话。

严寒顺势帮安露按摩了几下，说：“他已经背叛你了，我要是你，就义无反顾地离开他，开始新的感情。”

“感情，感情太善变了，我不想再碰。”安露不愿意聊这个话题。

“可是，人要是没了感情，与动物又有什么区别呢？”严寒说，“我只是希望你知道，安露，无论你遇见什么事情，我永远站在你这一边。不要把感情寄托在一个背叛你的人身上……”

严寒停住了话语，因为他看到丁邵峰正站在门口，忙把手从安露肩头拿开，敷衍地走了出去。

丁邵峰来找安露，是想跟她一起带丁芋去吃顿饭。女儿在节目里唱歌让他陡然意识到，这一段他们只顾自己，忽略了女儿的感受，如果再这样下去，丁芋就太可怜了。

“过了这一段再说吧。”安露目前还没有这个心情，丁邵峰看安露拒绝了自己，有些恼火。联系到前一段丁芋被绑架时那个打给孟小凡的电话正是来自安露医院，于是婉转提醒安露，让她也考虑一下，会不会是医院里有什么人在他俩背后捣鬼。

“人家干吗要这样做？”安露觉得丁邵峰有些莫名其妙。

“也许——人家对你有意思。”丁邵峰的眼睛扫了扫严寒的桌子，安露马上明白过来。

“你可以维护孟小凡，但拜托你不要诋毁他人。”安露冷冷地说。

丁邵峰看到安露被激怒，只好转移话题，语气柔和地向安露道歉，希望她大人不记小人过，给他一个机会，让夫妻二人重归于好。

安露这些天本来已经有些松动，但是鉴于刚刚丁邵峰对严寒的一番判断，她的火又起来了，一时还不能接受丁邵峰的道歉。

“那我希望，你暂时不要接受别的男人。”丁邵峰看怎么道歉都不能挽回安露的心，只好说了这么一句，转身离开了。

安露闭上眼睛，泪水从眼角滑落下来。难道对于丁邵峰来说，自己就是一个这么快便见异思迁的女人吗？

在红玫瑰西餐厅办公区最深处的一个房间里，透出一丝丝若隐若现的光。一个黑影推开了这扇门，里面正忙碌的铁宏闻声赶紧用布遮挡着他面前的什么东西。待回头看到此人，又急又气道：“你怎么忽然进来了？”

那人并不回答，却低沉地说：“好戏要开始了，你准备一下吧！”

那人说罢转身走了，铁宏悻悻地看着他的背影，身后的布，忽然掉了下来，露出那裸体的男性雕像。

第十章 / 闹剧

昏　迷　不　醒

正如有黑夜便有白天，有光明便有黑暗一样，有些人的心里充满了善良的期望，也有些人心里藏满了卑劣的念头。

01

正如有黑夜便有白天，有光明便有黑暗一样，有些人的心里充满了善良的期望，也有些人心里藏满了卑劣的念头。

在孟小凡决定不再报复丁邵峰之后，她万万没想到，那些一直藏在黑暗角落里对她虎视眈眈的人开始下手了。

在一个漆黑的夜晚，有两拨人分别来到了孟小凡与安露家里，把她们从床上拉起来，绑在了客厅。

一通电话打给了丁邵峰，指明他最爱的女人都在自己手里，给他 10 分钟的时间，救得了哪个，哪个就能活下来。

丁邵峰匆忙给安君打了个电话，便没命地朝家奔去。

在绑着孟小凡的房间里，其中一个人，就是那辆白色面包车的司机，他叫黑七。

黑七看看孟小凡，又看看表。此时他的电话响起，电话那头的声音告诉他让孟小凡来接。黑七把电话听筒凑近孟小凡的耳朵，一个粗哑但熟悉的声音响了起来。

“妹子，别折腾了，没用。”是铁宏，孟小凡一惊，“我是喜欢过你，不然的话，安露怎么会介绍你认识我呢？嘿嘿。”铁宏狞笑着。

“安露也是个不错的女人，”铁宏继续说，“不过我就纳闷了，丁邵峰有什么好的，你们俩这么好的女人，竟然都这么爱他！”

铁宏嘲弄着孟小凡，安露爱丁邵峰，那是因为丁邵峰是安露的老公，可是你孟小凡只不过是他的玩物而已。今天晚上他只能救一个，假如他救的是孟小凡，那么就算铁宏看错了，他从此不再打扰孟小凡。铁宏在电话里跟孟小凡如是说。

与此同时，在安露家，安露被绑在一张餐椅上，嘴上贴着胶带，胸前绑着几个雷管似的东西。她惊恐地看着雷管上面不断地闪烁着红色数字的定时器，幸好今天丁芋在姥姥家里，不然的话可能就跟自己一起遭殃了。安露绝望地闭上了眼睛。

就在这个时候，安露听到了一阵敲门声，声音越来越大，也许是丁邵峰回来了？安露猛然挣扎了起来。

门被撞开了，但是门口站的却不是丁邵峰，而是手捧鲜花的严寒。严寒一看安露的情况，吓得眼镜差点掉下来。他把花一扔，扑过来就要帮安露松绑。

安露示意严寒先把自己嘴上的胶带给撕下，胶带刚一撕掉，安露便急切地告诉严寒，自己身上有炸弹！

“你快走，没时间了。”安露带着哭腔喊。

严寒低头一看，果然见安露胸前那个小屏幕上红色的数字倒计时已经只剩下59秒，安露哭着央求他赶紧走，严寒却一边手忙脚乱地帮她解绳子一边说：“我不走，让它炸吧，死我也和你死在一块儿！”

安露看严寒执意不走，急得哭了起来，眼见屏幕上的数字闪得越来越快越来越快，安露绝望地闭上了眼睛，等待那最后一刻的来临。

5、4、3、2、1、0……严寒的眼珠都快要瞪出来了。但让人意想不到的是，数字归零之后，世界却是静止的，没有爆炸，没有硝烟……

许久，严寒小心翼翼地从椅子后面探出头，轻手轻脚地帮安露解下那个所谓的“炸弹”，安露这才松了口气，哭了起来。

与此同时，在孟小凡家里，一直把玩手机的黑七忽然示意手下把孟小凡嘴上的胶带揭掉。孟小凡不知道他下一步要干什么，紧张地盯着黑七，不料黑七手一挥，示意手下撤了。

那帮人前脚走，孟小凡便挣脱开绳子从沙发上跳起来。她打开门，外面已经没有人了，片刻之后，安君赶了过来，

“发生了什么事情？”安君看着一脸平静的孟小凡。

“什么也没有。”孟小凡若无其事地说。安君被搞糊涂了，刚才丁邵峰可是说有人绑架了孟小凡呀。

闹不明白这一切的还有安露。当她的绳子被解开后，安露筋疲力尽地靠在了严寒身上，这一幕，恰被刚刚跑进门的丁邵峰看到。

丁邵峰一把揪住了严寒的领子，把他的身体推到了墙上，安露叫了他一声，才阻止他挥起的拳头落在严寒的脸上。

“我是来救人的。”严寒很镇定，举起手里的“炸弹”给丁邵峰看。丁邵峰放过他，又转向安露，看她没有受伤，才放下心来。转头又想起那边的孟小凡，赶忙拨安君的电话，得知孟小凡这边也无事，丁邵峰一直剧烈跳动的心脏才终于稍稍平息了下来。

丁邵峰扶安露去休息，但安露刚刚已经听见了丁邵峰对孟小凡焦急关心的问询，她又回忆起刚才那惊险的一幕，眉头皱了起来。

第二天早晨，安露睁开眼，觉得脑子还是昏昏沉沉的。鉴于她的精神还没有恢复，丁邵峰便为她请了假。

丁邵峰做好早餐往卧室端去，路过客厅，听见安露的手机在响，顺手也帮她拿了进去。在交给安露的刹那，发现那个来电号码显示的是严寒，心里“咯噔”了一下。

“安大夫，我看你今天没来上班，所以问问你身体情况怎么样？”

严寒在电话里对安露很是关切，但安露很不解，昨晚严寒怎么就恰巧出现在她家里呢。

“我知道昨天是你的生日，我本来是买了花要送给你，不想……”严寒说道，安露一时非常感动。

“真是太谢谢你了，要不是你……万一那炸弹是真的怎么办呢？”

“我当时什么都没想，我不管炸弹真的假的，我只有一个念头，那就是救你。”严寒说得情真意切。

安露的脸有些发烧。

严寒打完电话，桌子上的闹钟忽然响了起来。他神经质地扑上去，把闹钟的声音摁停，然后左右瞧瞧，确定没有其他人看到，这才放下心站起身去查房了。

在楼梯拐角，严寒遇见了正低头上楼的孟小凡，便叫住了她。

“脸色不太好啊，小凡，发生什么事情了吗？”严寒关心地问。

孟小凡摇摇头，脸上露出一个浅浅的微笑。

“没事就好，你可得保重身体，要照顾孟驰呢。再说，你还有很多事情没做呢。”

“啊？”孟小凡不解严寒这句话的意思。

严寒等身边上下楼的人少了一点儿，小声说：“那个丁邵峰，我本来以为他会跟安露离婚，然后跟你在一起，可现在呢？他怎么能这么不负责任呢！我替你不值，他对你太不公平了，要知道，你肚子里还有他的孩子呢！”

孟小凡呆呆地立在原地。严寒的愤慨，加上昨晚铁宏的话，这一切让她忽然失去了主张。

丁邵峰安顿好安露在家休息，自己去找了安君。安君告诉他，从房子里的痕迹以及地上的烟头来看，的确有人进去过，而且不止一个。但孟小凡却矢口否认，说并没有发生什么事情。

“这就怪了，她为什么撒谎呢？会不会是有什么苦衷？”丁邵峰揣测。

“要说有苦衷，可看那样子也不像啊。”安君思索着。

丁邵峰忽然想起了一件事，他告诉安君，昨晚他回去的时候，发现严寒就在自己家里。这事儿他越想越蹊跷。

安君也曾听丁邵峰说过此人对安露一直很殷勤，自己对他也有些印象，但是到底是丁邵峰因为先入为主的印象对严寒有所怀疑，还是此人真的有可疑之处，他决定先调查严寒再说。

02

在绑架这件事上，丁邵峰真的如同铁宏所说，先去救了安露。尽管他同时安排安君去救孟小凡，但在孟小凡看来，这件事唯一说明的就是，丁邵峰根本不在乎自己的安危。她虽然不太清楚铁宏找那帮人演这出戏到底是为了什么，但假如那帮人要对自己不利，自己绝逃不过他们的黑手。可是丁邵峰呢，他明知道自己有危险，他却选择去救安露，这样说来，自己的死活对他来说根本就是无足轻重的。孟小凡心中的怨恨再度被激发了。

在这个城市也没有别的朋友，孟小凡只能把这些苦闷倒给乐队的周鹏和王宇。两人闻听后非常愤怒，决意要为孟小凡出口气。但孟小凡婉言谢绝了，她只是想找人倾诉下内心的委屈，至于如何解决，她决意靠自己。

孟小凡又一次打开了收音机，再次忍不住打进了《心路》节目的热线。她告诉丁邵峰，她爱上了一个不在乎自己的男人，这个男人将自己的安危置之度外，她很失望。

丁邵峰自然知道是孟小凡的电话，他无法多做解释，只能劝告孟小凡，忘记一个不属于自己的人，会得到更多的快乐！

孟小凡直接挂断了电话，这个敷衍的答复让她又一次肯定了自己的判断。

丁邵峰下班回家，想到今天可以一家三口在一起了，心情相对轻松了一些。可是打开家门，家中却空无一人。本以为安露会带着女儿在家等着自己，不想她却带丁芋回姥姥家了。丁邵峰沮丧地坐在了沙发上。

一阵急促的电话铃声自口袋里响起，丁邵峰闭着眼睛摸出电话，接通后靠在沙发上。

“喂？”

“丁教授吗？”那个刺耳的声音刚一响起，丁邵峰就猛地睁开眼睛，从沙发上站起来。“怎么样？妻离子散的感觉怎么样？你尝到自己种下的苦果了吗？我告诉你，这才刚开始呢！哈哈……”对方变态地大笑起来。

“你到底是谁？有种出来，咱们单打独斗，躲在暗处算什么英雄好汉？！”丁邵峰暴跳如雷！

“我不是什么英雄好汉，我只是——你命运的审判者！”对方的声音忽然从嚣张变得阴狠，随之挂了电话。

像正在兴头上却总是忽然被揍一拳的丁邵峰环顾着空荡荡的家，想着刚才那个匿名电话，陷入了莫名的恐惧与深深的悔恨中。

在安露母亲家里，丁芋正在哭闹。今天她在幼儿园里听到几个老师议论自己父母要离婚的事情，敏感的小女孩被这个消息吓坏了。自打回到姥姥家，就哭着闹着要爸爸。安母也陪着流泪，两个大人闹矛盾，把孩子给惊吓委屈成这个样子，她着实心疼！

安露看着母亲与女儿的泪水，心酸地把头扭到了一旁。女儿要爸爸，她何尝不希望家庭团圆夫妻和睦，只是丁邵峰这场突如其来的婚外情，就像给鲜美的汤里撒了一把辣椒面，味道全变了，她再也喝不下去了。

一夜都没休息好的丁邵峰一大早便起了床，今天台里有一个关于节目发展的新闻发布会，他得早早去准备。

走到车前，丁邵峰意外地看到玻璃上夹着一张白纸，取下来一看，上面写着几个黑色大字：不是不报，时候不到！

已经对谩骂指责习以为常的丁邵峰把它揉成一团，扔进了旁边的垃圾桶，驱车朝电台而去。

电台的张主任正在办公室挠头，在他面前，十几封拆开的信摊着，他手里还拿着一封，对刚走进来的丁邵峰说："看看，都是举报你的信，是台长转给我的，内容丰富，图文并茂。"

看着那些不知道什么时候偷拍的自己与孟小凡的照片，丁邵峰无言以对，只是一个劲儿抽烟。

张主任很是忧心。在多媒体冲击的今天，广播本来就已经是夕阳产业，《心路》这个节目筹备了那么久，临开播出了丁邵峰被刺伤的事儿，开播后收听率一直飙升，本来是想指着这节目为电台打开一个新局面，却又出了丁邵峰婚外情这件事儿，现在举报信一直递到了台长那里，这下估计自己也保不住丁邵峰了。

两人沉闷地坐了一会儿，发布会的时间到了，张主任与丁邵峰匆忙来到了会场。场下已经坐满了新闻媒体与热心听众，还有一些广告赞助商。

在主持人的介绍下，丁邵峰起身为大家展示《心路》节目在来年的发展规划及招商计划。

"明年我们还将围绕情感、婚姻这些社会敏感问题进行研究，同时我们会请出特约嘉宾与听众们一起探讨……"

"丁邵峰，你这个伪君子！"忽然，观众席里传来一声怒吼，两个小伙子站了出来，正是王宇和周鹏。

"你骗了她的感情，还有脸在这里跟大家谈情感！你这个道德败坏的人！"周鹏指着丁邵峰大骂，反应过来的电台保安赶紧过来阻拦，但媒体早已经醒悟过来。一时间闪光灯闪个不停，照相机摄像机和话筒统统对准了这两个人。

"骗子，你就是个衣冠禽兽，丁邵峰，你早晚遭报应！"保安连拉带拽地把两个人弄了出去，张主任惊慌失措地看着几个脸色铁青的领导走出了会议室，心里暗叫："完了，这下全完了！"

领导走后，张主任赶紧拉着呆若木鸡的丁邵峰也往外走，却被媒体团团围住，话筒和摄像机长枪短炮地一起拥了上来。

“丁教授，您能解释刚才是怎么回事吗？”

“丁教授，请问您真的在外面有婚外情和私生子吗？”

“请问您作为一个家庭出轨者，主持这么一个情感节目，您觉得合适吗？”

每一个问题都如同一个炸雷，炸得丁邵峰两眼发黑，一句话也答不上来。还好张帆及时救场，她站在一边高声叫道：“媒体朋友们，这件事情我们稍后会有所交代，请大家耐心等待……”

趁媒体都被张帆的话吸引的当儿，张主任拉着丁邵峰溜出了会场。

下班后，丁邵峰没有回家，找了一家酒吧独自买醉。张帆走了进来，她刚才看到丁邵峰的神色不对，担心他会出什么事情，就一直跟着丁邵峰。

丁邵峰本来对下午张帆的救场就十分感激，如今又看到她这么信任与关怀自己，自然十分感动，用手使劲拍了拍张帆的肩膀。

安露考虑了一天，尽管严寒在一旁旁敲侧击地说什么出轨的男人不值得信任，有第一次就会有第二次，但安露还是决定晚上带丁芋回家与丁邵峰团圆。

回去的路上，丁芋很开心，一路蹦蹦跳跳，叫着：“终于要见到爸爸喽，我好想爸爸啊。”安露看看忽然活泼起来的女儿，欣慰地笑了。

安露觉得应该先给丁邵峰打个电话，她拿出手机，正好一条信息发了过来。安露定睛一看，竟然是丁邵峰用手抚着主持人张帆的肩膀，眼睛直勾勾地盯着她，眉眼中无限醉意。安露的脸色大变，拉起丁芋就往回走，丁芋敏感而慌乱地看着妈妈，轻轻问：“不是去见爸爸吗？”

安露一语不发，扯着女儿大步向前走去。

03

经过新闻发布会上这一场闹剧，台长把丁邵峰叫到了办公室，问他有什么打算。丁邵峰已经对台长此番找自己的原因心知肚明，他索性直接提出了辞职，台长虚言挽留了几句，也就趁势答应了下来。

丁邵峰回到办公室，同事们似乎早已经知道了结果，都站着，却不知道说什么好。看他收拾好自己的东西，抱着箱子往外走，便跟在身后。

走出办公室门，张帆先走上来，动情地说："丁老师，不管别人怎么说，我永远支持您，相信您，任何时候您有需要我的地方，尽管开口。"其他同事也纷纷附和，丁邵峰感动地拥抱了下张帆，算是告别，然后义无反顾地往楼下走去。

走到停车场，丁邵峰再次呆住了。车位上停的是自己的车吗？只见车的上上下下左左右右糊满了报纸，黑色的越野车愣是给糊得不见了原来的颜色，每张报纸上都用墨水写着"畜生""负心汉""道德败坏"等骂他的话，每个字都有拳头大，像一张张狰狞的大嘴！

丁邵峰放下箱子，扑过去撕扯下那些报纸。但是报纸太多，而且粘得相当牢固。他费了好大劲才只清理出了前风挡玻璃的那一片。愤怒与委屈在心头升腾，丁邵峰索性不再清理纸片。他坐进车里，发动车子飞驰出去，报纸在强劲的风力带动下，慢慢脱离了车体。

安露正在办公室里心神不宁地坐着，李佳煜气喘吁吁地跑了过来，让她看自己手里的一叠纸张，说是刚从网上下载打印的帖子，现在网上都传疯了。这一看，安露更蒙了。这些网帖的内容全都是丁邵峰与孟小凡偷情有私生子的文章，旁边配的是电台楼下，丁邵峰与孟小凡见面的场景。

“怎么会这样呢？怎么会这样？”安露手忙脚乱地翻看着网帖，不知道该怎么办好。

“网上还说，要人肉搜索他们呢，你赶紧提醒姐夫吧！”李佳煜跺着脚。

安露这才如梦初醒。她赶忙走出去拨通了丁邵峰的电话，但是铃声一直响，却没有人接。安露没有办法，赶紧请假去了丁邵峰的房子那儿。

丁邵峰正衣衫不整地躺在沙发上，眼睛里布满血丝，胡子拉碴，看到安露，忙起身坐了起来。看到自己最爱的男人如今如此潦倒，安露又是可怜又是心疼，心里的怨气消了大半。她坐在丁邵峰身边，轻轻地说：“今天你去带丁苎一起吃个饭吧，她好久没见你了。”

顷刻间，温暖在丁邵峰冰冻的心头流动起来。他的喉头有些发紧，想说什么，抬头见安露已经开始帮他收拾起房间来了。

孟小凡走进弟弟的病房，孟驰还在为那个即将完工的泥塑忙碌着，虽然头也没回，但他知道走进来的是姐姐，便问她为什么没上班。

“我们，放假了……”孟小凡支吾着。

孟驰叹了一口气，满腹心事的样子。他对孟小凡说：“姐姐，我出院吧，我不想再住下去了。”

“说什么傻话呢，”孟小凡绷着脸，“你正在做理疗，严大夫说暂时不能出院，你忘了他的话啦？好了，不要再这么说了，你想吃什么？姐去买。”

孟驰想了一会儿，想起爸妈还在世时常给他们买的一种核桃酥，自从爸妈去世后，他再也没吃过，这会儿忽然想吃了。

孟小凡叫弟弟等着，自己出去买核桃酥。在医院附近的超市，她找到了孟驰要的那种核桃酥，放进购物筐，想了想，又拿了些面包饼干和饮料，这才走过去结账。

“七十八块二。”收银员熟练地扫了一遍筐里的食物。

孟小凡没有想到这么贵，她摸着口袋里仅有的一百块钱，小心地问：“那我能只要一半吗？”

收银员轻蔑地看了她一眼，没说话，示意她把不要的东西退回去。

孟小凡拎着食物送到了孟驰的病房里。刚放下东西，孟驰便催她回家，说自己要休息了。孟小凡心事重重，也就应了，走出了病房。

孟驰看着姐姐的背影，手里摩挲着寒冬生前送给自己的一条项链，陷入了属于自己的思绪中。

丁邵峰想等安露收拾完房子一起去接丁芋，但安露说女儿与丁邵峰很久没见，想让他俩单独待会儿，丁邵峰问清楚了丁芋的新幼儿园名字，便赶了过去。

许久未见，丁芋看到爸爸，还有些不敢相信。因为在新幼儿园是第一次爸爸来接，老师需要核对一下，便问：“丁芋，这是你爸爸吗？”

“嗯。”丁芋犹豫了一下，又猛地点头。

“不好意思啊，丁教授，其实我们都认得你，但我们这边的规定就是这样的。如果您下次再来接她，麻烦让她妈妈先打个电话过来好吗？”老师抱歉地解释着，把丁芋交到了他手里。

丁邵峰带着丁芋来到了她一直想去的麦当劳。以前安露总说这是垃圾食品，不让丁芋吃，现在丁邵峰可不管这些了，拉着丁芋站在柜台前，问：“你想吃什么？今天爸爸全给你买。”

丁芋兴奋地点了点头，开心地指了这个又指那个。

安露收拾完房间，丁邵峰还没有回来，她有些疑虑，便拨通了丁邵峰的电话，不想手机在旁边桌子上响了起来。安露想了想，走出了房门，在小区附近的麦当劳楼下，她看到了丁邵峰的车子。

安露轻轻地走上了麦当劳的二楼，一眼便看到了坐在窗前的父女俩。丁芋面前堆满了鸡翅、汉堡和甜筒，丁邵峰静静地看着大口吃饭的女儿，脸上露出安然满足的笑容，女儿也表现出了从未有过的活泼，嘴里叽叽喳喳地跟爸爸说个不停。安露没有去打扰他们，独自在一旁站了很久。

丁邵峰把安露与女儿送回家后，自己就离开了。丁芋看着爸爸要走非常不舍，安露告诉她，爸爸是去加班了，加班回来才能陪丁芋。丁芋黯然不语，过了一会儿，她问："妈妈，你是不是在骗我？你是不是不让爸爸回家陪丁芋啊？"

安露手里正在整理的衣服掉在了沙发上，她一边捡起一边转头笑着对丁芋说："怎么会呢？你先睡觉，睡醒了，爸爸就回来了。"

丁芋乖乖回房间睡觉了，楼下的丁邵峰坐在车里，一支接一支地抽烟。

严寒值夜班，碰见夜班护士李佳煜，记得今天不该是她值班。李佳煜解释说她是代另一个小护士王娜的班。与严寒打过招呼，李佳煜便忙去了。

严寒在办公室里坐了一会儿，便下楼去查房，李佳煜趁机溜回了办公室，在他的桌子前翻找起来。

李佳煜把几个抽屉全都拉开了，也只发现了些病历与笔记，以及其他无关紧要的小东西。她失望地抬起头，目光落在桌子上的手机上。

灵机一动，李佳煜按下了查找电话记录的键，严寒打过的电话一个个显示了出来，李佳煜盯着那些数字看了半天，决定把它们抄下来。

几分钟后，李佳煜手里攥着抄有号码的字条，悄悄来到医院大门口。在大门左侧的黑影里，安君正坐在一辆车上等她。

"你怎么这么慢，我都急死了。"

李佳煜刚跳上车，还没说话，安君便埋怨她。李佳煜没好气地回答，第一次干这事儿，谁都会紧张，当然提不上速度了。

说完，李佳煜把字条拿给了安君，指着上面的电话号码告诉他，这里面大部分都是医院的内线，只有一个号码很陌生，希望可以给安君找到线索。

安君收起号码，向李佳煜道谢："赶明儿请你吃饭啊。"

"你都说了两百回要请我吃饭了，就是没见行动过。"李佳煜嘴一噘，跳下车回医院了。

丁邵峰在楼下足足停了四十分钟，才驱车回家，路上，忽然想起白天收拾东西的时候有本书落在了办公室里，便打电话给张帆，问电台这会儿有没有人值班，得到肯定答复后，丁邵峰又调转车头，往电台驶去。

在电台门口，丁邵峰远远地便停车走了下来。还没走到大门，斜地里忽然蹿出两个人来，丁邵峰定睛一看，正是大闹发布会的那两个——周鹏与王宇。

原来这俩人闹完发布会，又把丁邵峰的车子给贴了个大花脸，看丁邵峰不吭不响也不表态，心里还觉不平，又埋伏在电台门口准备伏击他。他们没想到丁邵峰已经离开电台，但是凑巧又因事回来了。

“你们到底想干什么？”丁邵峰愤怒地问。

“干什么？”周鹏冷笑，“给你两条路，一条是离婚，跟小凡结婚；另一条就是继续当你的臭流氓、伪君子！”

“我离不离婚关你们屁事！”丁邵峰骂了一句。

“我早叫你别跟这个臭流氓废话！”王宇拨开周鹏，从身后拎出一条棒子，冲着丁邵峰抡了过去，丁邵峰也毫不示弱，一把抓住了王宇的手臂，三个人厮打在了一块儿。

安君接到丁邵峰的电话，赶到了派出所，正看见鼻青脸肿的三个人坐在民警对面，其中一个竟然是他姐夫丁邵峰，大吃一惊，忙问那个民警是怎么回事。

“这不就是那个大名鼎鼎的主持人嘛，为了一个女人，被打了。”这位年轻的民警有点儿幸灾乐祸地说，安君咳嗽了一声，低声喝道：“说什么呢？”

民警可能这才想起丁邵峰与安君的关系，神色严肃了起来，迅速地给丁邵峰办了手续让他先离开了。周鹏与王宇也要跟着走，被拦下来。

“你们俩的事情还没完全交代清楚呢！”民警盯着周鹏与王宇，俩人无奈地重新坐了下来。

04

丁邵峰前脚走出派出所，安君后脚就跟了上去，听丁邵峰简单讲了一下今天晚上的事情。闻听那两个家伙是想让丁邵峰与安露离婚，安君苦笑一声，怎么丁邵峰的事情谁都要插上一杠子啊！

“你去医院查到什么了？”丁邵峰问的是他查严寒的事情。

还真查出了一些问题。安君拿出了那张号码纸，指着其中一个号码说：“我发现那个严寒跟红玫瑰西餐厅有密切联系。”

丁邵峰脑子里似乎有什么东西响了一声，他问安君知不知道梦凡咖啡屋的地址，安君告诉了他，丁邵峰转头就跑。

“哎，你干吗呀？”安君高声问。

“我觉得那个严寒像一个人……”丁邵峰说着，已经迅速上了车，车子发动，朝梦凡咖啡屋驶去。

此时，梦凡咖啡屋的窗户下，站着另外一个人，他小心翼翼地四处查看了一番后，举起砖头砸碎了窗玻璃，笨拙而慌乱地跳了进去。借着墙外昏黄的路灯光，可以看到这是一张苍白瘦弱的脸，像是一个还在青春期的孩子。

这个人是孟驰。姐姐孟小凡回家之后，孟驰一边玩弄着脖子上的项链一边想心事。忽然，椭圆形项链坠的一头被他拔了下来。孟驰惊讶地发现，里面掉出了一个小纸卷。他小心翼翼地打开，这是一张泛黄的旧照片，上面是两个四五岁的小男孩，对着镜头傻笑。

孟驰想不出这两个小男孩是谁，翻开照片，背面写着四个字：严寒、严冬。

严寒、严冬，孟驰默念着这两个名字，又把他们横着念：寒冬，寒冬……他脑子里迅速闪过了寒冬与严寒的面容，一个奇特而大胆的猜测冒了出来。这个猜测让他浑身发热，他再也待不住了，决定去梦凡咖啡屋寻找答案。

孟驰跳进屋子，拿出准备好的小手电，四处查看。

酒柜、吧台、桌椅……这屋子还和以前一样，似乎主人从未离去。吧台后面的架子上，一瓶瓶的酒外表光洁如新，没有灰尘。

孟驰吃惊地望着这一切，他想不明白这是怎么回事儿。难道寒冬哥没有死？他继续往后面走去，在一扇小门前犹豫了一下，推开了。

门后是个储藏室，孟驰走了进去。忽然，外间大厅的灯一下子亮了起来，他惊恐地把身体躲进了堆满杂物的角落，从门缝里往外望去。

大厅里，一个黑衣黑裤的身影慢慢朝这边走来，他手里拎着一根铁链条，脸上的肉不停地抖动。他一边走，一边抽动着鼻子，像是要把擅闯这里的侵略者用鼻子闻出来。及至孟驰看到那个黑衣人的脸，他差点儿叫出声……

孟驰紧紧捂住了嘴，他看到的是严寒。严寒一改往日的温文尔雅，脸上呈现出一种扭曲了的可怕神色，从这神色里孟驰不难相信，他如果找到了自己，一定会下毒手的。想到此，孟驰瑟瑟发抖。

拎着铁链条的严寒似乎发现了什么，他一步步朝储藏室这边走来，眼看就要推开储藏室的门。就在这个时候，身后亮着的灯一下子全灭了，咖啡屋陷入了浓重的黑暗中。

适应了几秒后，严寒猛地转回头，冲着电闸开关的方向扑去。他打开灯，怒火四射地寻找着肇事者，但除了大门口吹进来的风，空无一人。严寒冲出大门到外面查看，趁这个时机，孟驰赶忙溜了出去。

孟驰回到病房，想起刚才在咖啡屋看到的严寒，兀自害怕，抱着双腿坐在床上，不敢睡觉。忽听门口有人敲门，紧接着，严寒的声音传了进来。

“孟驰——”随着叫喊，严寒走了进来。

严寒脸上带着惯常的温和的笑，但此时在孟驰眼里，这笑容却是那么狰狞，令人内心发寒。他埋着头，不敢看严寒。

“孟驰，还没睡呢？”严寒关切地问。

“睡……睡不着。”孟驰牙齿打战。

“你怎么了？”严寒狐疑地低头查看，孟驰躲开了。

“我有点冷，没事。”

“冷？你刚才出去了？”严寒盯着孟驰。

孟驰摇摇头。看他不再说话，严寒又嘱咐了他几句，退出病房。他刚一离开，孟驰便翻身倒在床上，用被子紧紧蒙住了头。

第二天一大早，丁邵峰便把车停在医院门外一个不易被人发现的地方，他躲在车里，紧张地盯着医院大门。

昨晚在梦凡咖啡屋门外，丁邵峰果然看到一个很像严寒的人，为了确认，丁邵峰悄悄扳下了门口的电闸开关，果然，很快，严寒拎着铁链一脸凶相地走出了门口。那时候，他并不知道孟驰就躲在咖啡屋里，更不知道自己无意中的举动，暂时救了孟驰一命。

看到自己的怀疑被确认，丁邵峰决定从严寒这里查下去，今天他等在医院大门口，只要严寒出来，他就会跟着他，看他到底要去哪儿，跟谁会面。

这个时候，丁芋刚被安露从睡梦中叫起来，迷迷糊糊地穿衣下床，脚刚一挨地，忽然清醒过来，问安露爸爸怎么还没回来。

安露不答，只是催促她赶紧吃饭上学。丁芋又问：“最近好久没听见爸爸在收音机里说话了，这是怎么回事啊？”

安露只好撒谎说，因为爸爸有更重要的事情，所以暂时就不在收音机里说话了。丁芋似懂非懂地点点头，想了想，又问：“妈妈，你会和爸爸离婚吗？”

“不会的，傻孩子，爸爸妈妈会一直陪着你的。”安露正在给丁芋系扣子，回答完才发现系错了，又重新来过。

把丁芋送到了幼儿园，安露来到了医院。严寒又是殷勤地送上一杯参茶，外加早点。安露早上也没顾上吃早餐，接过后，朝他感谢地点点头。

严寒踱到一边，忽然想起什么似的，说：“安露啊，今天我要去办点儿事，我的病人你能不能帮我照看下？”

“没问题啊。”安露痛快地回答，严寒脱下白大褂，拿起衣架上的黑风衣出门了，走到门口，他又转回头，再度说：“谢谢！”

安露觉得有点儿好笑，她头也没回地向严寒摆了摆手。

孟小凡丢了工作，生活窘迫，不得已只好拿自己的吉他去典当。典当行对乐器没有兴趣，幸好遇见总鉴定师是个爱好音乐之人，以两万元的价格将吉他买下。孟小凡虽然不舍，但也没有办法，生活总要有所取舍的，不然这一段的生活费和医药费朝哪儿要呢？幸好老先生看出孟小凡的窘迫，答应这吉他只是暂时买下，如孟小凡以后需要，还可再买回去。孟小凡这才略微宽了心。

孟小凡拿着老先生付的钱，骑上自行车往医院去。走到市中心天桥，忽见好多人围在桥中央看着什么，也好奇地下车朝上面看去，忽听一声熟悉的童声：“小凡阿姨！”

孟小凡这才发现，被众人围在中间正大哭的小孩竟然是丁艼。

原来丁艼从早上就惦记着见爸爸，可是直到到了幼儿园，也没见爸爸的影子。和小朋友们玩了一会儿之后，丁艼对老师说，爸爸要来给自己送画笔，所以她得去门口等爸爸。老师本来要陪她一起去，因旁边有小朋友摔了个跟头正需要处理，便叫她先去门口看看，如果爸爸还没来，就回来找老师一起去等。

丁艼答应着，跑了出去。她并没有按老师说的那样做，而是直接跑到了大门外面。一出幼儿园，便如同离开了笼子的鸟儿，欢天喜地朝前跑去，脑子里只有一个念头——找到爸爸。但其实，她只是太希望见到爸爸，却根本不知道去哪儿找爸爸。一直跑到过街天桥，还没找见爸爸，连回幼儿园的路也找不到了，便哇哇大哭了起来，幸好孟小凡路过，不然说不定会闹出什么事儿来呢。

孟小凡招呼着丁艼下来，一边想走到马路对面去接她，奈何丁艼看到孟小凡太高兴了，怎么也不肯站在原地，要从车水马龙的街道上横穿过来找她。

“丁艼，不要动，站在那儿，阿姨过去接你——”孟小凡喊着，丁艼像没听见似的，已经蹦跳着走上了人行道。

孟小凡把车子一丢，朝丁芋这边跑过来，丁芋也加快了速度，趁着一辆车跑过的空当，从后面钻了过来。不料刚跨到孟小凡这边车道，一辆小车不知道从哪儿钻了出来，速度极快，加上丁芋出现的也比较突然，小车刹车不及，对着丁芋撞了上去。

“丁芋！！”孟小凡撕心裂肺的一声大叫，被淹没在喧闹的马路声浪里。

第十一章 / 逝者

昏 迷 不 醒

“每个人都是带着原罪来到这个世界的，你如今算是替她赎了原罪。安息吧，主会保佑你的。”

01

丁苄被紧急送往了新州市人民医院，直接送上了手术台。孟小凡等在外面，心中又急又怕。

不多时，医生出来了，对孟小凡说，由于患者脑部受到了强烈的撞击，病人头部伤口看起来挺严重，而且可能会有脑震荡的情况。

看到孟小凡脸色煞白，医生反过来安慰她："你别太着急了，我们会尽力给她做治疗的。"

安君接到孟小凡的电话，匆匆忙忙地赶了过来，见到孟小凡便追问丁苄的情况，闻听孩子还在昏迷中，安君非常焦急。他听人家说要是昏迷的病人一直醒不过来，可就要变成植物人了。这个想法令他浑身冰冷，抓住医生便问："她会不会成为植物人啊？"

"病人情况虽然暂时不太乐观，但昏迷跟植物人是两个概念，你不要太着急了。"医生赶紧解释说。

安君还要说话，楼上匆忙跑下来一个医生，看到孟小凡一愣。

“孟小凡，你弟弟在四楼抢救呢，你怎么在这儿啊？”医生说完，慌忙跑走了。

孟驰在抢救？不可能吧？孟小凡一时有些发蒙，昨天晚上自己离开时弟弟还好好的，一点发病的症状也没有啊。她有些怀疑刚才那医生是不是搞错了。

“你还是赶紧去看看吧。”安君催促她，孟小凡拔腿就往楼上跑去。

孟驰的病情是在早晨安露替严寒查房时发现的，彼时他已经浑身冰凉，呼吸微弱，抢救手术即刻开始。安露与别的医生一起尽力对孟驰施救，但是仍旧没有将这个年轻的生命从鬼门关拉回来。

孟小凡跑上楼的时候，安露正从手术室里出来。她疲惫地看了孟小凡一眼，呆滞地说：“对不起，孟驰他……我已经尽力了，对不起。”

闻听此言，孟小凡如同被人兜头泼了一桶冰水，五脏六腑都要冻僵了。随着安露身后孟驰的遗体被人推出来，孟小凡崩溃地大哭起来。

而回到办公室的安露把自己反锁着，痛苦程度不亚于孟小凡。她一面流着泪，一面回忆孟驰这两天的表现，她也不明白孟驰何以发病这么快，而且这么严重。

关于这个情况，护士李佳煜也有同样的疑问。她把自己的疑问以及安露的痛苦告诉了刚上楼来的安君。安君示意李佳煜好好照顾姐姐，为了稳定安露的情绪，决定先不把丁芋受伤昏迷的消息告诉她。

孟小凡哭了一会儿，仿佛把全身的水分都哭出来了。她忽然起身，跑到了安露的办公室门前，推门不开，于是拼命地砸起门来，一边砸一边狂喊：“安露，我知道是你，你害死了孟驰，你给我出来，安露，安露……”

孟小凡近似疯狂的举动吸引了无数的病人与护士围观。安君冲了过来，不管一切地抱住孟小凡，试图让她冷静下来。

医院里发生的这天翻地覆的一幕，丁邵峰全然不知。早上他跟着严寒，发现他来到了市郊的公墓。

丁邵峰看着严寒下了车，一步步朝公墓深处走去。他脑子里迅速集结着所有已知的线索，一时没有下车跟上。

严寒走到了寒冬的墓前，点燃了香烟，他蹲了下来，抚摸着墓碑，喃喃自语：“弟弟，哥来看你了，你的仇马上就要报了，那些害你的人，一个也逃不了……等这一切结束，我就带你回美国，离开这个乌七八糟的地方……”

说着，严寒的眼睛潮湿了。他摘下眼镜擦了把泪，忽然想起安露，这可真是个好女人，美丽善良，气质高雅，假如她不是丁邵峰的老婆，自己真的会爱上她也说不定啊。严寒长叹了一声，起身准备回去。

“严寒！！”身后有人叫他，严寒一惊，转头看见丁邵峰站在台阶下，望着自己。严寒嘿嘿一笑，蹦下一级台阶，居高临下地看着丁邵峰。

“你，跟这个人什么关系？”丁邵峰指着墓碑上寒冬的照片，沉声问。

“我是他唯一的亲人，最亲的人。”严寒傲然回答。

“那你针对我，是因为我老婆，还是因为他？”

严寒嘴角上扬，做了个笑的表情，但没有笑出来。

看来跟自己的猜测差不多。丁邵峰沉吟了一下，说：“不管你跟我有什么恩怨，你都可以直接冲我来，希望你不要骚扰我的家人。”

严寒这下笑了，是冷笑。他走到丁邵峰面前，一字一句地说：“你记住，你——是凶手，我不是。”

说毕，严寒扬长而去。丁邵峰站在寒冬的墓前，盯着那张阴郁的脸，看了很久。

严寒回到市内，并没有直接回到医院，而是找了个地方躲在车里睡了一会儿，起身后把头发先弄了个乱七八糟，拿起电话给同科室的一个邓医生打了电话，询问孟驰的情况。

邓医生告诉他，孟驰病发突然，虽紧急抢救，但是没有抢救过来，已经送到太平间了。

“我这才离开半天啊，怎么这样啊？我赶紧回去。”严寒一副大惊失色的样子，他收起电话，下了车。

病房里，孟小凡刚刚睁开眼睛。因为弟弟的忽然去世，这强大的悲痛令虚弱的孟小凡瞬间晕了过去，可是一醒来，弟弟离去的事实再次撞击过来。她跳下床又开始砸安露办公室的门，几个保安上来，抓住了她的胳膊，孟小凡正哭闹着挣扎，忽听一声怒喝：

“放手，给我放开她！”

保安与孟小凡同时停止了动作，朝发出声音的走廊那头看去，只见一脸焦灼的严寒正朝这边跑过来。

严寒三两下便从保安手里把孟小凡拉到自己身旁，轻声安慰她。

“我也是刚知道孟驰他……唉，要是我在这里，就不会发生这种事情了，都怪我啊，都怪我。”严寒痛心疾首地检讨着自己，却使得孟小凡将仇恨更加集中在安露身上。

“安露，我不会就这样不了了之，我不会放过你，到死我也不会放过你！”孟小凡声色俱厉地叫道。

安君走过来，众人看到他身上的警服，都散了。保安把孟小凡架了出去，走廊里只剩下了严寒一个人。

严寒脸色慢慢由阴转晴，甚至要笑了，忽听前面有人叫他。

“严大夫。”

严寒慌忙抬头，原来是李佳煜正直勾勾地看着自己。

她一直没走，还是刚来？严寒内心一阵惊慌。他强作镇定，看着李佳煜。

“严大夫，你也回去休息吧，不要太激动了。”李佳煜又面无表情地说。

“你告诉我，我走了之后，都发生了什么事情？为什么会变成这样？”严寒那刚憋回去的泪水又流了下来。

李佳煜把情况简单讲了一遍，并告诉严寒，安露大夫已经尽力了，现在她女儿也出了车祸，还在楼下昏迷着呢。

李佳煜说完，就去办公室陪安露了。严寒慢慢踱着步，朝太平间走去。

02

丁邵峰从公墓刚回到家，一条信息便发送了过来：去医院看看吧，保证有你想看的。你女儿还躺在急救室呢，你得抓紧时间，晚了，会遗憾终生的。

丁邵峰抓着手机，外套都顾不得穿，便冲了出去。

这一边严寒来到太平间，问清楚刚送过来的孟驰尸体停放的柜子，走了进去。

对着孟驰冰冷的脸庞，严寒看了好一会儿，才缓缓说："孟驰，你是个好孩子，你真是个好孩子，可是……唉，你能想起我以前说过的话吗？每个人都是带着原罪来到这个世界的，你如今算是替你姐偿还赎了原罪。安息吧，主会保佑你的。"

严寒边说边在胸前画了一个十字，轻轻把孟驰推了进去。他整理了下领子，把领带松了松，拉出领子里面的十字架，放在嘴上轻轻吻了一下，浑身松弛了下来。

走出太平间，严寒看到了瘫坐在楼梯上的孟小凡。孟小凡的眼泪像断了线的珠子一般，啪嗒啪嗒落在衣襟上。她仿佛是在自言自语，也仿佛是在讲给严寒听，她说父母去世后，自己如何与弟弟孟驰相依为命，孟驰是如何听话如何忍着病痛不让自己知道……他才二十岁不到啊，怎么就这么不明不白地走了呢？孟小凡无论如何都不能接受这个事实。

严寒转到了孟小凡对面，叹了口气说："或许这件事，真有什么不妥当的地方。作为孟驰的主治大夫，我有不可推卸的责任。"

孟小凡的眼皮抬了一下，严寒的话再次触动了她的心。

“是她杀了他！”孟小凡抹了一把泪水。

“什么？你是说小驰的死……”

“我破坏了她的家庭，她肯定不甘心，一定是她，一定！”

“不会，不会，她那么善良，不可能。”严寒故作不信。

“她那是装的！”孟小凡叫了起来，“我不会放过她的！”

严寒在孟小凡身边坐了下来，抚着她的肩膀：“如果真的是她害死了孟驰，别说你，我也不会放过她！”

一阵急促的脚步从下面传了过来，紧接着，一脸焦灼的丁邵峰跑了上来。他看了一眼并排坐着的孟小凡与严寒，脚步丝毫没停。

丁邵峰一直跑到了安露的办公室，开口便问丁芋现在在哪里，是什么情况。

安露很奇怪，丁芋这个时候不是在幼儿园吗？怎么丁邵峰会来医院问自己呢？丁邵峰顾不上解释，把手机里的那条短信给安露看了。安露大惊失色，立刻拉起丁邵峰来到了楼下的急救室。

看到病房前安君的刹那，安露的腿已经软了。安君还没解释完情况，安露与丁邵峰便把全部的怒火发泄到了旁边的幼儿园老师身上。责怪老师为什么让一个小孩单独跑出幼儿园！

老师百口莫辩，急得几乎要哭出来了。幸好这会儿医生出来，告诉丁邵峰夫妇，丁芋已经度过了危险期，两人这才稍微平静了下来。

细心的丁邵峰发现丁芋的手术单上签的是孟小凡的名字，脑袋里闪过刚才孟小凡与严寒并肩而坐的场景。他飞快地跑下了楼，此时孟小凡已经走出了医院，丁邵峰叫住了她。

“是你把丁芋送到医院的？”丁邵峰问，孟小凡于是把自己在天桥下看到丁芋的事情说了一遍。

“那你怎么跟严寒……”丁邵峰又问。

“他是孟驰的主治医生，我当然……”孟小凡的泪水快流下来了，但丁邵峰并未发现，急急地说：“那个严寒有问题，他和那个寒冬有关系，一定有关系。”

“这怎么可能啊？”孟小凡一急，泪水流了下来。

“你怎么了？”丁邵峰觉得不对劲儿。

“我弟弟，手术失败，死了。”孟小凡头一抬，“是安露做的手术！”

丁邵峰愣在了原地。

孟驰死在手术台上，安露十分痛心。她问李佳煜自己的手术过程中是否有差池，李佳煜理解她的心情，向她保证，即使到法庭上，她以及其他在场的医生与护士也会做证，安露的手术过程没有问题。

安露痛苦地摇摇头，她担心的不只是这些。她更难过的是，自己没能阻止一个还不到二十岁的生命的消逝。这对任何一个医务人员来说，都是一种无法填补的痛。

孟小凡来到院长办公室，直接提出了尸检的要求。她毫不避讳地告诉院长，她怀疑安露的手术有问题，她要查清弟弟的真正死因。

院长对孟小凡的悲痛表示理解，但对于她提出尸检的要求，一时还不能马上答应。他试图安慰孟小凡，不料孟小凡毫不领情，甚至扬言如果不马上尸检，她就要把新闻媒体找来，要是不怕曝光，那就等着吧！

孟小凡说完，丢下目瞪口呆的院长下了楼，正好遇见找她的安君。安君劝解孟小凡，让她别这么冲动，他不相信孟驰的死跟安露有关。但无论安君怎么解释，孟小凡通通不听。安君是安露的弟弟，他自然包庇自己的姐姐了，孟小凡已经把弟弟的死归于安露的责任，现在就等尸检结果。在这之前，她不会随便听从任何人的话语，从而改变主意的。

安君看孟小凡一意孤行，只能叹气。远处一个老人快步走了过来，看见安君便叫道：“君儿，丁芋在哪儿？”

来的人是安母，她还没等安君回答，便看到了走在前面的孟小凡，怒从心中起，上前就是一个耳光，边打边骂：“孟小凡，你造的什么孽啊，你破坏我女儿的家庭，现在又害了我外孙女，我跟你没完……”

老人说着，气得浑身哆嗦。孟小凡没有动，她一手捂着脸，静静地看着对方。片刻后，孟小凡冷冷地说：“我没有害你外孙女，她现在好好的，倒是我弟弟，被你女儿害死了！她，才是杀人凶手！”

“你是说安露？”老人惊讶地后退了几步，“不可能，不可能，我女儿不是这种人！”安君赶紧上前扶住了踉跄的老人，孟小凡拂袖而去。

安君带老人来到了丁芊的病房，看到还在昏迷的丁芊，老人老泪纵横。她不明白小小的孩子犯了什么错，为什么大人的事情，最后遭罪的总是孩子呢？

丁邵峰与安露、安君站在一旁，内心都承受着无法言说的折磨，这时安露的手机忽然响了，是院长打来的。

院长找安露，还是为了孟驰的事情。现在病人家属闹开了，为了给家属一个交代，他只能一步步地从头盘查，他问安露是不是按手术规程操作，是不是违规用了什么别的药物……安露按事实述说了一遍，院长一听毫无违规之处，也没有办法了，只好让安露先回去。

丁邵峰就等在院长办公室门口，看到安露走出来，搀住了她有气无力的胳膊。两人沿着空无一人的走廊往前走，身后拐角处，孟小凡用仇恨的眼光盯着他们的背影，悄悄跟了上去。

03

夜深了，安露的办公室还亮着一盏昏黄的灯。严寒坐在桌前，手里拿一瓶白酒，自斟自饮，喝到兴头，他喃喃自语起来

“我们人类本性生病了，需要医治；堕落了，需要拯救……这种种理由难道不重要吗？难道不足以感动天主，令他下凡，进入人性空间，以探视处在可怜和悲

哀之中的人类吗？”严寒哈哈大笑了起来。

孟小凡跟着安露与丁邵峰来到了丁芋的病房外，她默默地看着丁邵峰与安露一起坐在丁芋床前，互相鼓励着，握起对方的手，一副相依为命的样子。她想起了弟弟，想起了自己的感情，她恨……

第二天，孟小凡找到了律师赵明，她告诉赵明，安露害死了自己的弟弟孟驰，她要告她！

赵明看了看这个单纯而倔强的女孩子。此刻她的心中充满了愤怒，于是提醒她，如果说安露害死了孟驰，是要有证据的。单凭一时的冲动不能为一个人定罪，他劝孟小凡冷静一下。

“我很冷静，”孟小凡咬牙切齿地说，“我插足了安露的家庭，安露恨我，于是把怨气撒到了我弟弟身上，这明眼人都能看出来。”

“等等，”赵明的手在空中挥了一挥，“你不觉得这一切有点儿太顺理成章了吗？就是说，太容易让人把一切连在一起了吗？”

“什么意思？”孟小凡不懂。

“我是觉得，你所经历的这一切，似乎像是有一只大手在背后操纵，一步一步、一环一环的，最终到了现在的这个结果。”

“操纵？我们姐弟俩从来都是老实本分，还有谁会害我们呢？！”

“是吗？难道你在生活中，真的就从来没有伤害过任何人吗？”赵明把身体靠在转椅背上，深深地看着孟小凡。

赵明的这番分析，是为了向孟小凡证明自己的能力与手腕。他试图把水搅浑，让孟小凡彻底依赖自己，从而完成他事业的进阶。但不想孟小凡听了这话，反而有所疑虑。她说回去考虑下再来找赵明，赵明只得悻悻地送走了孟小凡。

丁邵峰从外面回到病房，正看到严寒把手放在安露的肩膀上，低声说着什么。丁邵峰已经是第二次看到这样的一幕，此番再也控制不住，怒不可遏地冲上前去，把严寒拉出了病房，一拳打在了他高傲的脸上。

严寒慢慢抬起头，他的鼻孔和嘴角在淌血，但他没有说话，倒是丁邵峰怒气仍未消除，他指着严寒怒气冲冲地说："我警告过你，远离我的家人！！"

严寒擦了擦脸上的血，一言不发地走开了。

丁邵峰转过头，看到安露站在门口，神情复杂地看着自己。丁邵峰不知道该从哪里解释起，却见李佳煜跑了过来，说院长在办公室等着安露。安露去了院长那里，丁邵峰也准备回家给丁芋拿些住院用的东西。

在办公室里，院长告诉安露，医院已经成立了紧急事故调查小组，今晚八点举办听证会，希望安露有所准备。

丁邵峰在回去的路上接到李佳煜的电话，说晚上安露手术失败听证会的事情，他又赶紧转了回来。

听证会正点开始，首先关于安露所说的，因为严寒接手了孟驰，她对孟驰的情况不太了解这个问题，调查小组提出了异议。因为他们发现尽管严寒大夫接手了孟驰的治疗，但很多单子上的签名依旧是安露。安露很吃惊，她怎么也想不起来自己何时看过孟驰的病理单，更想不起来自己什么时候在上面签过字。

紧接着，调查小组又指出了孟驰的姐姐与安露家庭之间的纠葛，这说明她其实是有动机的。

经过一番的取证论证，调查小组得出了结论，安露涉嫌医疗事故致人伤亡，暂停她的一切职务。等候在门外的警察随即进来，安露被民警带回了公安局。等在会议室门外的丁邵峰焦急不堪，只好赶紧给安君打电话。

安君得到丁邵峰的通知，赶到了局里，想通过关系把安露暂时保出来，却得到消息说，一切证据都不利于安露，所以今天晚上，她只能待在警局。

在一个小房间里，安君见到了愁容满面的安露。他让姐姐放心，自己一定会查明真相，还她一个清白。同时他告诉安露，丁芋的主治医生说，她的情况越来越好，估计很快就会苏醒过来了。

安君走后，安露在黑暗中睁大着双眼。她知道，一定是有人在陷害自己，但这个人是谁呢？她实在想不出来。她唯一清楚的就是，丁邵峰这一次出轨，将全家人的生活都带上了不归路。

丁邵峰在公安局外的车里，一支接一支抽烟。他也想到了跟安露同样的问题，但他想得更多的是，他必须尽快弄清楚事情真相，安露不可能做这件事。虽然大部分证据已经证明了安露有在手术上动手脚的可能性，但丁邵峰知道，她一定是被冤枉了，并且这一切都跟严寒有关。

丁邵峰把自己的怀疑对安君说了一遍，让安君抓紧时间找证据，自己又回去照顾丁芋了。

警察来医院调查取证，严寒一直陪着孟小凡，表现出了极大的配合。警察走后，严寒把孟小凡叫到一旁。他告诉孟小凡，即使孟驰这次不发病，其实以他的身体，最多坚持半年。孟小凡点点头，其实她有心理准备，但是她宁愿弟弟最后平静地离开自己，也不愿意让他这样死在别人手上——她已经认定了，弟弟孟驰就是死在安露手里的。

严寒叹了一口气，他想起了自己亲人离世的情形，脸色阴晴不定。

“你的难受，我也经历过。”严寒叹了一口气。

“你是说，你也经历过亲人忽然离世？”孟小凡问，但严寒转移了话题，送她下楼回去。

在路上，严寒问孟小凡以后的打算。孟小凡想起这一年来发生的事情，最爱的男人离开自己，唯一的弟弟也走了，现在她等于没有家了，哪儿还有什么打算。

“就没有别的男人爱过你？”严寒试探着。

“嗯，有一个，”孟小凡回忆说，“是我以前唱歌的咖啡屋的老板，他对我很好，可惜……”

“可惜什么？”严寒盯着她，嘴角些微抽动着。

“可惜他的一些做法我无法接受，其实我把他当很好的朋友。后来，他了出车祸，也死了。”孟小凡看着远处的月色，黯然说。她没有注意到，身后的严寒，嘴角抽搐，手在发抖。

孟小凡仰头望着深蓝色的天空，觉得身体一阵阵发凉。身边的朋友亲人接二连三地离去，对她的打击非常大。她痛苦地想，这一切是不是因为自己爱错了人？

与丁邵峰之间这一场孽缘，是伤害了不少人，可是弟弟孟驰招谁惹谁了，他不该被牵扯进来呀!

“你压根儿不该爱上这个丁邵峰，你爱他，他爱你吗？他现在等于是把你亲生弟弟杀了，你的爱可不可笑啊？”严寒看出孟小凡的心思，趁机火上浇油。孟小凡痛苦地摇着头，不愿意顺着严寒的思路往下想。

“你弟弟死了，但是咱们还活着，咱们活着的人为什么不能为他讨回公道？在这个冷酷残忍的世界里，我们总要做点儿什么吧？”严寒盯着孟小凡，眼光灼灼。

“严大夫，谢谢你，一直以来都这么帮我。你不用送我了，我想自己走走。”孟小凡对严寒的话产生了一种奇怪的感觉，便说想冷静一下，向严寒告辞。

“好吧，你自己小心一些，有些事情，才刚刚开始。”严寒留下一句莫名其妙的话，转身走了。

孟小凡一个人站在午夜的街头，茫然四顾。自己是不是就不该活在这个世界上啊？怎么会有这么多让人猝不及防的事情，她真的无法承受了。

严寒走了不远，便招手拦了一辆出租车。

“市人民医院。”严寒上车便说。

“哦，先生您病了啊？”出租车司机顺口接道，“那我给您快点。”

“不，我不是看病的，我是救人的。”严寒意味深长地说。

出租车司机从后视镜里瞄了一眼严寒。这人看起来不太健康的样子，想不到竟然会是医生？！他在心里嘀咕了一句。

在医院里，丁邵峰与帮忙照顾丁苄的李佳煜说话，说到安露，两人都很难过。丁邵峰顺势向李佳煜打听严寒，李佳煜也早就觉察出了严寒的可疑，就把安君让自己注意严寒的事情对丁邵峰说了一遍。

“安君说这个人绝对有事儿，只是最近我没发现他有什么动静。”

“你有办公室的钥匙吗？”丁邵峰问李佳煜，李佳煜点了点头。

“我想趁这会儿他不在，去他办公室里看看。”丁邵峰想趁机去寻找证据。

“姐夫，你想想，如果是你，你会把证据放在办公室里？”李佳煜提出疑问。

但丁邵峰执意要去。安露一天不洗脱嫌疑，他便无法安心地坐在这里等待。他从李佳煜手里接过钥匙，迅速走向楼上严寒的办公室。

在办公室里，丁邵峰就着外面的灯光，仔细检查严寒的每个抽屉。有一个抽屉被卡住了，丁邵峰把手伸进去，死命一拉，手指上忽然感到针刺般的痛，拿出来一看，流血了。他顺手从桌上扯了一块胶布粘上，继续对严寒桌子的搜查。

丁邵峰把每张纸片都拿出来仔细看了，但还是没有收获。他只好把搜查对象从桌子转到了背后的书柜。刚打开书柜门，便听见门外的走廊里传来了脚步声，他停止了动作。侧耳倾听，脚步声越来越近，很快停在了他所在这间办公室的门口。

丁邵峰快速而轻轻地掩上柜门，藏在了房门后。但奇怪的是，门锁只是被轻轻扭动了几下，却并没有打开，接着，脚步声又走远了。

过了一会儿，丁邵峰悄悄打开房门，四处查看无人之后，再也不敢久留，快步离开了办公室。

在办公室对面的走廊拐角处，严寒探出了头，盯着丁邵峰的身影，露出冷酷的微笑。

04

丁邵峰回到病房，疲倦而无奈地坐在床头，用手支着额头，回想着刚才自己搜查严寒办公室的情形，忽然听到一声轻轻的呼唤：

“爸爸。”

丁邵峰疑心是自己的幻觉，可抬起头，果然看见丁苧睁开了眼睛。女儿醒过来了，丁邵峰高兴极了。

“爸爸，对不起，我太想爸爸了，所以才偷偷跑出来……”丁芋第一句话便是解释自己的错误。丁邵峰被女儿的懂事感动得泪水在眼眶里打转。他把被角掖了掖，安慰着丁芋，并向她保证，自己再也不会离开她了。

丁芋这才放下心来，忽然又问：“妈妈呢？”

丁邵峰咽了口唾沫，轻轻说：“妈妈忙去了，忙完就来。”

丁芋这才放心地闭上眼睛，睡去了。

在同一时间里，梦凡咖啡屋，一盏昏黄的灯光映照出严寒那张扭曲的脸，他站在一幅画前，盯着画面上的丁邵峰与孟小凡，眼睛里像射出一把把锋利的刀子，似乎要刺穿两个人的身体。忽然，他拿起蘸满颜料的笔，狠狠地在两个人身上涂画起来。

画布渐渐变成了黑色，完全淹没了两个人的身影。严寒哈哈大笑起来：“严冬，哥今天终于要给你报仇了，你放心，他们都会去陪你的！”

这个严寒，便是寒冬——也叫严冬的哥哥。兄弟俩是孤儿，相依为命长大，后来严寒靠自己的努力到国外读了医科博士，寒冬则立志要成为一名画家，直到他遇见自己的劫数——孟小凡。

严寒早已从寒冬那里知道了孟小凡姐弟，也借寒冬之口给了孟驰不少治疗的建议。他本以为自己回国就可以参加弟弟与孟小凡的婚礼，孰料等到的却是弟弟车祸身亡的消息。

自小在严酷环境下长大的严寒对世界总保持着一种不信任感，他唯一信任的就是自己的态度和行为，所以他并不接受寒冬因车祸而死的事实，只认定弟弟的死一定与孟小凡有关。尤其是他回来经过调查，发现了孟小凡与丁邵峰的关系后，更加肯定了这一点。

严寒找来了寒冬最好的朋友铁宏，两人开始密谋一场复仇之战，于是，一幕幕无声的厮杀就这样上演了。严寒看着他的敌人一个个沉浸在痛苦中，很是得意。他觉得自己是上帝的使者，上帝把审判罪人的权力给了他，这些人就都该得到应有的惩罚。

至于孟小凡，严寒准备留到最后。如今孟小凡已经成了自己手里的一把匕首，他要先利用她清除其他几个敌人，而后再给她一个致命的打击。对于这样一个又傻又天真的女人，严寒只有四个字：死不足惜！

不是吗？世界上竟然有这样愚蠢的女人。寒冬爱她，连她的弟弟都照顾得无微不至，可她愣是瞧不上，找一个有妇之夫丁邵峰。结果呢，人家还不是玩玩儿就算了，她落个被抛弃的结果是自作自受，但寒冬却为她无辜丧了命。

“就为这，你们这些人就活该下地狱。”严寒咬牙切齿地想。在他的“点化”与提示下，孟小凡此刻也应该有所行动了吧？

果然不出严寒所料，孟小凡再次找到了赵明。她并不知道，在此之前，赵明接到了一个神秘的电话，声称只要他帮孟小凡打赢官司，便能得到一笔可观的费用。所以此番赵律师吸取上次故弄玄虚的教训，直截了当地提出了自己的看法。因为安露的手术事故还缺乏关键性的证据支持，在尸检之前，赵明建议孟小凡先告丁邵峰。

“告他什么？”孟小凡不解。

“告他强奸啊！”赵明瞪着一双大眼，带着一种震慑的气势告诉孟小凡，现在的情况是她已经怀孕了，这是最好的时机，孩子都已经在肚子里了，只要她咬定丁邵峰强奸，就肯定能把丁邵峰告到大狱中去！

“到时候，丁邵峰就什么都不是了，身败名裂，家破……”赵明也觉得这话有些不妥，赶紧住了嘴，用期待的目光看着孟小凡。

孟小凡本来是想为弟弟讨回公道，她从来没有想要告丁邵峰，听了赵明的话，心里很矛盾。

“你想想，目前这一切是不是丁邵峰一手造成的？好，你不告他，让他逍遥法外，回去继续他甜蜜的生活。而你呢，孤苦伶仃一个人……你呀，太天真了。”赵明苦口婆心地对孟小凡分析着。

孟小凡心情复杂，无言以对。

医院里，严寒还在考虑下一步的对策。院长把他叫了过去，问他到底有没有对安露交代过孟驰的病情。

“这点我要检讨，”严寒沉痛地说，“我当时走得急，没告诉安大夫。”

院长点点头。

“不过，”严寒话锋一转，“孟驰这个病人是我从安大夫手里接过来的，按说她应该很了解才是呀。”

“唉，”院长叹气，“本来挺简单的一件事，被你们给搞得乱七八糟。”他挠了挠头，告诉严寒，因为他比较了解孟驰的病情，所以孟驰的尸检由他负责，希望他能严谨认真行事，给医院医生，也给病人家属一个满意的交代。

严寒一愣，没有想到这个时机竟然落在了自己头上，他再度在内心感谢老天帮忙，赶紧应承下院长。

“您放心，我一定不会让您和调查小组失望。”严寒保证之后，走出了办公室。

与此同时，在警局，丁邵峰在取保候审的文件上签完字后，把安露带了出来。

站在大马路上，安露深深吸了一口气。虽然只是被关了一个晚上，她却恍惚觉得有一年那么漫长。丁邵峰扶着安露的胳膊，刚想说什么，安露却蓦地转身，紧紧抱住了丁邵峰。

“对不起，对不起。”安露喃喃地说，为自己这一段对丁邵峰的冷落道歉。但丁邵峰也知道，其实一切都因自己而起，所以他只能用力地回抱着安露。

“对了，你要注意那个严寒，他和以前追过孟小凡后来车祸去世的咖啡屋老板有关系，我怀疑他——”

“不可能，他才刚从美国回来没多久呢。”安露还是不愿意把一切事情与严寒扯上关系。

“你就信我这一次吧，安君已经去省城调查了，结果很快就会出来。”丁邵峰认真地说，安露这才迟疑地点了点头。

“走吧，丁苧醒了，要妈妈呢。”丁邵峰拍着安露的肩膀提醒，安露擦了擦眼泪。

丁邵峰牵起安露的手，在她的嘴上吻了一下，两人正要上车走，刚从旁边律师事务所里出来的孟小凡恰好路过，看到了这亲热的一幕。

丧失亲人的痛，与被爱人背叛的伤搅合在一起，成了孟小凡心中一触即发的炸药包，律师赵明的话像是根引线，加在一起，都被这一幕给点燃了。

孟小凡疯了似地扑过来，左右开弓抓挠着丁邵峰与安露，嘴里还叫骂着：

“安露你这个杀人凶手，你别想逍遥法外！”

丁邵峰挡在安露前面，钳住孟小凡的手臂把她往一边拉，此时警察也赶了过来，一起制伏了孟小凡。

孟小凡并不服气，边挣扎边骂：“丁邵峰、安露，你俩都是杀人凶手，你们做的坏事现在丁苎替你们承受呢！我不会放过你们的！”

孟小凡挣脱了抓住她的那几个人，转身跑了，警察问丁邵峰：“这是怎么回事儿？”

“不知道，不知道。”丁邵峰喃喃地说，搂紧了瑟瑟发抖的安露。

从尸检现场出来的严寒，把报告递给了身旁的护士，一语不发地走了。护士把尸检报告拿给院长，院长有些奇怪，他打开这份本该由严寒送来的报告，匆忙翻动，一眼看到结论处的几个字：由于用药不当导致的病人死亡……

院长一拳砸在了桌子上，长叹一声：“冤孽啊！”

第十二章 / 真相

昏迷不醒

“哥猜想啊，你在离去的那一刻一定充满痛苦，因为你把全部的爱都给了一个虚情假意的女人，她根本不配。是上帝要带走他们。弟弟你在人间所受的一切屈辱，哥哥我让他们加倍偿还！”

01

严寒径直来到一家咖啡馆，一楼卡座上，孟小凡显然早就到了。看到严寒，便焦急地追问尸检结果。

“检查出小驰体内有促进血液细菌生长的药物残留，这就意味着，有可能是安大夫用药不当导致了小驰的死亡。”严寒说得很慢，很慎重，孟小凡眼前一黑，差点儿晕过去。

“唉，都怪我，要是我在，百分之一百不会出现这种情况，太可惜了，可惜呀……”严寒摘下眼镜，一边擦眼镜，一边偷眼看孟小凡的表情。

孟小凡正在翻看报告，浑身颤抖不停。她想起安露已经被保释，便问严寒，现在该怎么办，凶手已经逍遥法外了。

“从现在到真正抓捕，还有一段程序要走，很难讲最后结果会怎么样……”严寒沉思着，孟小凡一跃而起，“我不会放过凶手的，绝对不会！”

孟小凡来到医院领弟弟的遗物，护士李佳煜整理好推了出来，刚好碰上把安露送回丁苧病房后出来的丁邵峰，丁邵峰一眼看到孟驰的遗物里有一本显眼的《圣经》，他想了想，拿起来翻动了几下。

《圣经》里一张小小的黑白照片引起了丁邵峰的注意，他指着照片上两个长相相似的小男孩问李佳煜："这俩人是谁呀？"

李佳煜摇了摇头，丁邵峰又顺手把照片翻了过来，正要看，忽听前面传来孟小凡的怒吼："给我放下，你没资格动我弟弟的东西。"

丁邵峰手一抖，照片又落到了《圣经》的书页里。书，再度合上了。孟小凡抢过小推车，冷冷地注视着丁邵峰。

"你老婆害死了我弟弟，我不会放过她的！"说罢，扭身回转，怒容满面地走了。

丁邵峰看着她的背影，显出痛苦与不解的神情，就在这个时候，安君打过来了电话。安君得知姐姐已经被保释，放了心，他说他很快就到省城了，在那里可能会找到他们想要的证据，叫丁邵峰耐心等待。

严寒与孟小凡见了面之后，直接回到了梦凡咖啡屋。他给铁宏打了一个电话，告知她安露手术失误过失杀人的证据已经坐实，下一步，就是要把丁邵峰送进监狱了。在这之前，不能给他们任何一个翻身的机会。

"知道了。"铁宏在电话那面沉着地回答。严寒丢下电话，坐在椅子上，把四肢摊成了"大"字，他觉得有些累了，最后的战斗一结束，他就要回美国好好歇歇了。

安君从省城拿到严寒的资料，查清楚了严寒与寒冬的关系，第一时间便打电话告知了丁邵峰。丁邵峰欣喜异常，有了这么重要的线索，他们就可以为安露洗清冤情了。

但丁邵峰万万没有想到，安露的事情还没有完，又有官司摊到了自己头上。

孟小凡来到了赵明的律师事务所，把尸检结果告知他。赵明闻之大喜，证据确凿，这下他不但能告倒丁邵峰，还能把他老婆也一起告进监狱。假如这场官司能打赢，那么他将名噪本省——不，应该是名噪全国法律界。要知道，不是谁都能告倒一对名人夫妻的。

“好，我们正式起诉他们！“赵明兴奋地做出了决定。

孟小凡离开后，赵明拨通了一个电话：“对，她刚离开，你放心，一切都在推进。”

带着份安露即将洗清罪名的轻松，丁邵峰回到了家里，刚停好车，便听到身后有人叫自己，转头一看，竟然是那个屡次给自己捣乱的黑七。

黑七不慌不忙地走到了丁邵峰面前，歪着头吐了个烟圈，乜斜着眼睛，问：“丁教授，会小情人来了？”

丁邵峰一语不发，盯着黑七，看他到底要怎么样。

“丁教授，厉害啊，家里一老婆，外边还养着小情人，”黑七看丁邵峰没有还击，继续挑衅，“丁教授，我想请教一下，你是如何摆平这俩女人的呀？叫哥们儿学习学习！”

丁邵峰火打胸腔往上蹿，他一把揪住了黑七的脖领子，怒声道：“你别以为我不记得你，你不是第一次捣乱了！说，你到底是谁？”

“我是谁重要吗？”黑七挣脱了丁邵峰，脖子一梗，“我知道你是谁就行了，我还知道你老婆在医院里，把那女孩的弟弟给弄死了，你老婆就是个杀人犯，杀人犯明白吗？”

丁邵峰瞪着血红的眼睛，黑七还在狞笑，“丁老师，你教教我呗……”

话音未落，丁邵峰一拳揍在了黑七脑袋上，黑七倒了下去。还没等他还手，丁邵峰的第二拳又接着上来，把他揍了个头晕眼花。借着这股劲儿，丁邵峰一拳一拳地砸在了黑七身上，他似乎要把这几个月来的委屈与痛苦全都发泄出来，很快，黑七被打得动弹不得。

“救……救命啊，流氓打人啦……”黑七躺在地上直叫唤，丁邵峰又是一拳挥过去，让他住了嘴。而后，丁邵峰才拿起电话，自己报了警。

派出所里，黑七又恢复了刚才的玩世不恭。他对派出所不陌生，派出所的民警看他也都认得，一年之内，打架斗殴带盗窃，这都三进宫了。

“说说吧，怎么回事儿？”民警问。

“能怎么回事儿啊？想要点儿钱呗——我告诉你们啊，就他，在外面玩女人，我看不过去，敲他一笔嘛，还能咋地！”黑七抹了抹鼻子。

“你给我老实点儿，前几笔账还没给你算清楚呢，你是不是不想出去了？”民警厉声喝问，看黑七坐直了身体，又说：“就你这些事儿，我捏吧捏吧能给你判个三五年，你信吗？”

黑七这下老实了，他嘿嘿一笑，身体往前一扑，对民警说：“警察大哥，这事儿不是我干的，是我大哥干的，大哥！”

黑七把铁宏供了出来，不但丁邵峰这事儿是铁宏一手策划的，黑七还说铁宏干了其他不少大事呢。

“不信你们查查，我就一跑腿的，我啥也不敢干。”黑七此时一副顺从的样子，拼命为自己开脱，和刚进来时判若两人。

警车“呜呜”叫着，把铁宏带了回来，直接押进了审讯室，连夜审问。

“铁宏，这次找你来，是怀疑你和一起谋杀案及一起绑架案有关。”负责审问的安君开门见山。

“你说的什么，我不明白。”铁宏抬了抬眼皮。

“抗拒从严，坦白从宽。”安君交代了一遍政策，可铁宏依旧眯着眼睛，装作一副事不关己的样子。

“据你手下的人交代，上个月二十七号，你在某租车行租了一辆黑色的别克车……”安君紧紧盯着铁宏，铁宏嘴角微微抽动了一下。

“然后，在下午五点三十分，火车站附近发生了撞人事故。”安君说着，把租车的收据放在了桌子上。

“我是租车了，但撞……撞人跟我有什么关系？”铁宏嘴巴依旧很硬。

安君一笑，从桌子下拿出一个车牌，州 BG6383，与丁邵峰的车牌号码完全一致。

“这你总认识吧，这是从你办公室抽屉里发现的。这，你怎么解释？”

铁宏沉默了，安君趁机又说他的手下还交代，铁宏还曾多次派人跟踪丁邵峰与孟小凡，并拍下二人的照片等一系列行径。

铁宏沉默着。他的眼睛在室内看来看去，安君会意地扔过去了一根烟，铁宏点着，用力吸了一口，牙一咬，“我说！”

铁宏说，他跟寒冬是拜把子干弟兄，寒冬死后，他认定是孟小凡害寒冬出的车祸，便策划着要给她点儿厉害尝尝。于是就有了接近安露，勒索丁邵峰，撞倒孟小凡，让孟小凡仇视安露，绑架两个人……这些事情都是他和手下干的。

“我就是想给寒冬报仇，我就是想让这对狗男女生不如死，我没有别的想法……”铁宏一再强调。

“那寒冬有个哥哥你知道吗？”

“那，我从没听说过，不知道。”

安君拿出了严寒的照片让他认人，铁宏瞟了一眼，摇了摇头。

“不认识，事儿都是我一个人干的。跟别人都没关系，绝对没关系。”铁宏狠狠抽了一口烟。

02

尽管铁宏全招了，但是他把所有的事情都揽到了自己身上。安君把这一切告诉了丁邵峰，又详细解释了他所调查到的寒冬与严寒的关系。寒冬和哥哥严寒原先都住在省城，从严寒去了国外后，严冬才搬来新州，以寒冬为名，在新州的书画界有了一定的名气，后来又开了家咖啡屋。

“那现在可以立案了吧？”丁邵峰看查得这么清楚，着急地问。

安君摇了摇头，还没那么容易。丁邵峰不依，非要安君说出为什么不能立案抓严寒，安君一时不好解释，只说医院已经接到了重新尸检的通知，结果很快就会下来，等结果下来再说。丁邵峰这才不情愿地离开了公安局。

来到医院，丁芋已经睡着了。丁邵峰让安露先回去休息，安露怎么也不肯，夫妇俩于是一起坐在床头，静静地看着熟睡的女儿。一瞬间，彼此都很感慨，这种温馨时光，很久没有过了。但同时也都有些惆怅，不知道此刻的幸福能不能一直这么延续下去。

“老婆，本来咱们过着平平淡淡的日子，都怪我不好，给你带来了这么多的痛苦。”许久，丁邵峰抚着安露的头发说。想起让安露受了这么多委屈，丁邵峰此时内疚无比。

“过去的事情，不提了，我不怕受委屈，只要咱们三个，好好地、平平安安地在一起，比什么都强。”

安露给了丁邵峰一个鼓励的笑容，但丁邵峰依旧很忧心，孟驰的案子马上就要开庭了，万一……

“不会有万一，我是清白的。”安露凄然一笑，坚定地说。

丁邵峰点点头。安露说得对，他也相信她是清白的，只要是清白的，就没什么好害怕。丁邵峰把妻子的头揽了过来，轻轻地吻着她的额头。

不知道哪儿来的第六感，丁邵峰忽然觉出门口有些异样，随之抬起头，只见孟小凡阴沉着一张脸站在门口，紧紧盯着相拥的两人，目光之中带着凶气。

丁邵峰赶忙松开了安露，起身朝门口走过来。

“干什么？”丁邵峰警觉地问。

“我就是——来看看什么是幸福。”孟小凡一字一句地说完，转身走了。丁邵峰赶紧关上病房门，头抵在门上，痛苦万分。

但很快，丁邵峰清醒了过来，妻子和女儿都在身旁，现在的他没有时间去检视自己的伤痛。他要做的是维护好属于自己的幸福，再不能让它溜走了。

丁邵峰转回头，走到安露跟前，再度抱住了安露，安露的脸上露出了发自内心的微笑，她能感觉得到，老公是真的回来了。

铁宏死咬着所有的事情都是自己一个人干的，于是安君决定从外围入手，他再次来到那家租车行，问起那天提车人的相貌，同时拿出严寒的照片给对方经理指认。

“是他，”车行经理很确定，“那天他来的时候，围着那辆别克看了好半天，尤其是车牌部分。我有印象。”

安君点点头，心里有数了。

严寒并没有想到自己这么快就被安君抓住了把柄，此时他还在做最后的努力，争取让暴怒的孟小凡射出最致命的那颗子弹。

“小凡，不要再犹豫了。”严寒鼓励地看着孟小凡。

“我不会犹豫了。”孟小凡的大脑已经完全被复仇之火占据了。

“那好，”严寒点点头，“那我就知道该怎么做了。”

孟小凡思忖了一下，提出了一个一直藏在心里的疑问。她想知道为什么严寒也这么恨安露夫妇？没想到孟小凡忽然这么问，严寒一愣，掩饰地端起咖啡杯喝了一口，然后才说：

“我可以给你三个理由：第一，孟驰是我回国后接手的第一个病人，我跟他相处了那么长时间，我对他已经有了很深的感情；第二，从专业角度来说，我不允许任何人给我们这个神圣的职业抹黑；第三，我非常恨像丁邵峰这种戏弄女人的男人，我要让他们付出应该付出的代价！”

孟小凡点点头，她懂了，她也完全认同严寒的想法。有了如此坚定的同盟者，自己状告安露夫妇理由也更充分了，于是她又来到了赵明的律师事务所。

赵明按照打电话人的吩咐，告诉孟小凡，所有的资料他都已经整理齐备，现在他唯一担心的是孟小凡的心理状态。要知道，孟小凡对赵明陈述这一切的时候，毕竟是在单独相处的房间内，如果要是上法庭，面对的人可就多了，到时候孟小凡会不会因为压力太大而出什么状况呢？这一点他必须提前确认一下。

“我既然决定了，就不会顾及那么多了，我会把该说的都说出来，不管在什么地方，当着多少人。”孟小凡冷静地说，现在她什么都不想，只想为弟弟孟驰讨个说法。

闻听此言，赵明放心了。他又嘱咐孟小凡，到时候就照着事实说，除了与丁邵峰发生关系那一段，那一段要强调是丁邵峰强奸了她，赵明专门为此给孟小凡做了一份材料，只要她照着这份材料说，就没问题。

孟小凡疑惑地看了赵明一眼，赵明补充道："为了万无一失，你要把这份材料背熟，知道吗？"

孟小凡陷入了沉思。

安露得知尸检结果是某种药物用量过度，非常惊讶。那些药量明明是自己亲自检查过的，不该有问题呀！一定是有人陷害自己，安露更加确定了。

"想知道是谁陷害你吗？"安君问。

安露点点头，可当她得知是同科室的那个每天给自己献殷勤的严寒大夫，又觉得不可思议了。

"那他是为什么这么做啊？"

安君于是把严寒与寒冬的关系，以及他指示铁宏做的那一系列撞人、绑架、勒索的事件都告诉了安露。

"铁宏都招了？"安露越想越觉得恐怖。

安君摇摇头，他此番告诉安露这些，就是因为铁宏把一切都揽在了自己身上，不肯牵扯暴露严寒。所以他们现在只能从别的地方搜集证据来抓严寒，为了怕打草惊蛇，在严寒被抓之前，希望安露能够还和以前一样，不动声色，不能给严寒看出破绽，不然以他的狡猾，稍有不慎，就可能让他溜之大吉。

"现在还有一个问题，虽然我查出提车的是严寒，但是根据你们的值班表看，那天严寒的确是在值班，这一点，无法解释。"安君指着李佳煜给他的一份值班表说，李佳煜探头看了一眼，忽然有了发现。

"那天，严寒出去过，"李佳煜回忆说，"我当时送一个病人下楼，看到严寒穿一身黑色的衣服，还戴了个墨镜，刚从外边回来。当时我差点认不出来他了，所以就多看了他几眼。后来我问他去哪儿了，他却说在楼下跟病人说话，根本是撒谎。"

"这就对了。"安君点了点头。

03

回到局里，安君把近来调查的一切情况给领导做了汇报，领导迅速部署，做出以下三条行动指示：

一、要利用技术手段迅速定位那些匿名电话的来源；二、派人去严寒住处取证，看他还有什么行动；三、要尽快控制严寒，以免他有更大的行动。鉴于这个案子性质恶劣，尤其要保护受害人的安全。

行动部署下来，各部门迅速展开了行动。

狡猾的严寒似乎也闻到了空气中不详的气息。在梦凡咖啡屋，他又一次对着寒冬的照片说起了心里话。

“弟弟，今天是哥最后一次跟你说话了！我能感觉出来，他们已经知道真相了！铁宏被警察抓走了，但他把所有的事情都揽到了自己身上。他做得好啊，他这么做，才让我有了和他们决战的机会，铁宏是个好兄弟。”严寒把旁边的酒杯端起，一饮而尽，接着又倒了一杯。

“哥猜想啊，你在离去的那一刻一定充满痛苦，因为你把全部的爱都给了一个虚情假意的女人，她根本不配。还有那个昏迷不醒、不能自拔的女医生，以及那个以为架起个高音喇叭就能控制话语权、道貌岸然的教授，是上帝要带走他们，因为上帝在尘世间所做的，就是让丁邵峰付出代价。弟弟你在人间所受的一切屈辱，哥哥我让他们加倍偿还！”

严寒回忆起最后见寒冬的场景。那是七年前他去美国，寒冬高高兴兴地去机场送他，不想自那一别，就再也没有见面的机会了。但是，也许他们兄弟团聚的日子，很快就要到来了！

丁邵峰与安露一起在病房里照顾丁芋，一家人温馨融洽，安露脸上也绽放出了久违的笑容。一阵“咚咚”的敲门声传来，丁邵峰出去开门，发现门口站着律师赵明。

“你找我？”丁邵峰心里有种不祥的预感。

赵明扯着嘴角一笑，指着身后跟着的两个警察，说：“不是我找你，是他们。孟小凡告你强奸，你跟我们走一趟吧。”

身后的安露一惊，走过来抓住了丁邵峰的手，担忧地看着他。丁邵峰把安露的手轻轻放下，在她肩膀上拍了拍。

“别担心。”

丁邵峰没有看赵明，径直跟在那两个警察身后走了出去。

丁芋看着爸爸跟两个警察叔叔走了，惊恐地问妈妈：“妈妈，什么是强奸啊？”

安露内心撕扯般地痛。她嘴角动了动，却怎么也无法回答女儿这句天真无邪的问话。

丁邵峰跟在警察背后穿过长长的医院走廊，在护士和医生的注视下，他有一种麻木而迟钝的痛楚。

孟小凡站在走廊的那头，默默地看着丁邵峰的背影。奇怪的是，她没有感到大仇已报的痛快，相反，以前的一幕幕却在心头不断上映，她甩甩头，不敢再想下去了。

安君得知丁邵峰被带走，心急火燎地来找孟小凡，他怎么也想不到孟小凡竟然会使出这样一招，告丁邵峰强奸，难道她真的疯了？

面对安君的质问，孟小凡泪水涟涟，她就是觉得弟弟孟驰死得太冤枉，她这样做，就是为了给孟驰讨回公道，她认为自己没有错。

“你弟弟不是我姐姐害死的，我再告诉你一遍。”安君忍住怒火。

“那你拿出证据来啊。”孟小凡根本不信，但安君此时也不能泄露出更多的细节，他只好说："等真相大白，你会后悔的。"

"我认了。"孟小凡平静地回答。

安露把丁芋交给安母照看着，自己到警局保释了丁邵峰。走出警局的大门，丁邵峰内心十分痛苦，他自认没有脸再跟安露相对，说想自己一个人走走，不等安露说话，就一个人大步朝前走去了。

安露看着丁邵峰孤独的背影，叹了一口气，她在路上徘徊了一会儿，决定去找孟小凡谈谈。

孟小凡打开房门，看到安露，不等安露开口，便又要把门锁上。

"我没有别的意思，只是想和你谈谈……"安露赶紧解释，但话还没说完，孟小凡已经大力关上了房门。

安露在门口站了一会儿，只能失望地离开了。

安君带人搜查梦凡咖啡屋，在密室里，除了到处丢着残破不堪的画作之外，他还惊讶地看到了几张画着丁邵峰与孟小凡的油画。有的被涂得乱七八糟，还有的用红笔打着大大的叉，孟小凡的肖像画上，脸部被小刀划成碎片，加之那些监控录像画面，整个房间是一幅触目惊心的画面。他忍不住给丁邵峰打了个电话。

接到安君的电话，丁邵峰也来到密室。眼前这令人发怵的一幕，他只在电影里才看到过，站在自己与孟小凡那张被涂抹得乱七八糟的画前，丁邵峰不断摇头，到底是心里埋藏着多深的仇恨，才导致对方做出这种举动啊?

"简直是变态啊。"安君喃喃地说。

"严寒呢？"丁邵峰问。

"估计已经潜逃，逮捕令刚刚下来了，你放心，这次人证物证俱在，他绝对跑不了！"安君非常有把握地说。

安露在孟小凡门口碰了一鼻子灰，刚回到医院，就被李佳煜告知，院长已经拿到了最新的尸检报告，现在要见她。

安露忐忑不安地来到院长办公室，院长看起来心情很复杂，他跟安露讲，经过重新尸检，发现上次的结果有问题。

“现在已经查清楚了，孟驰的死跟你最后的肌肉注射没有关系。在实施注射以前，孟驰就已经去世。死因是长期的用药不当，导致身体免疫力的下降以及血液细菌含量的激增，最后造成了呼吸系统的瘫痪！也就是说，是严寒害死了孟驰，与你无关。”院长拿出了新的报告递给安露。

虽然有心理准备，但安露还是被严寒如此精心策划的杀人事件给惊呆了。

“严寒，这……真是太可怕了，难以置信。”安露翻着尸检报告，呆住了。

院长点了点头，脸色凝重，“另外，他还涉嫌偷换了注射用药，药房的秦大夫说了，最后的几支注射剂都是严寒亲自配好后交给药房的，唉，那些根本不能治病，只能加速病人的死亡，这个恶毒的人，我怎么就……好在现在公安机关已经立案调查了。”

“那他人呢？”安露想起素日严寒伪装的热情与殷勤，又想起被他无辜害死的孟驰，愤怒得恨不能立刻撕烂他那虚伪恶毒的嘴脸！

“已经不知去向了，不过公安局那边正在抓捕，你放心，咱们不会冤枉一个好人，也不会放过一个坏人。”院长斩钉截铁地说。

04

抓捕严寒的天罗地网迅速在市区的各个出入口布下，但唯一却遗漏了医院。病房里，安母陪着丁芋读故事书，一位戴着大口罩的男医生出现在了门口。

“打扰下阿姨，请问您是安露的母亲吧？”男医生彬彬有礼，安母点了点头。

“是这样，刚才安露出去的时候，告诉我让我带丁芋去做最后一次检查。”男医生说着，朝丁芋走过来。

“那好啊，你就带她去吧。”安母给丁芋穿外套，丁芋极力挣扎，表示不想去做检查。

“丁芋，我带你去见爸爸好吗？”男医生和颜悦色地说。

这下丁芋开心了，安母顺利地帮她穿上了衣服，丁芋正要跟着医生一起出去，那医生又转过头告诉安母，让她先收拾一下东西，一会儿检查要是没问题，就可以直接出院了。

闻听可以出院了，安母很高兴，赶忙回头收拾起了丁芋的衣物，等她收拾完东西，再回头，发现刚才那个男医生和丁芋一起都不见了。

安母正在愣神，李佳煜走了进来，问她在做什么。

“我帮丁芋收拾东西啊，要出院了。”安母解释说。

“可她还没复查呢。”李佳煜奇怪。

“已经去了，刚一个男医生带她去的。”安母指了指门外，说那个男医生还戴了个大口罩。

李佳煜略一思索，“不好啦！”她拔腿朝门外跑去。

丁邵峰接到了李佳煜的电话，一时也很慌乱。虽然不能立刻下结论带走丁芋的就是严寒，但除了严寒，还有谁能干出这种事儿来呢？他正要打电话给安君，忽然手机响了起来。

电话一接通，女儿的哭叫声便立刻传了过来，丁邵峰的心抽紧了，像一头暴怒的狮子，冲着话筒叫：“严寒，你放了我女儿……”

“丁教授，你好呀！”严寒不紧不慢的声音从话筒那边传了过来，“你不是想见我吗？来吧，我就在医院楼顶，来晚了，可见不着你女儿喽。”

一阵狂笑之后，严寒挂了电话。丁邵峰迅速开车往医院而去，他同时通知了安君。

为了找到严寒，安君决定从孟小凡这里找突破口，此时，他已经可以把严寒的真面目告诉孟小凡了。

“其实，你弟弟孟驰，是被严寒害死的。”安君开门见山，孟小凡被他的话惊得倒抽了一口气。

“我知道你很难相信这个事实，但我以一个人民警察的身份向你保证，我所说的，全部是真的。”安君把严寒如何认为孟小凡害了自己弟弟，如何勾结铁宏为丁邵峰与孟小凡下套，以及后来如何绑架、撞人等事情快速地给孟小凡讲了一遍。

“今天我们去了寒冬的密室，那里呈现的一切都足以表明这兄弟俩的心理扭曲程度。”安君又说。

孟小凡面如土色，事情的逆转太快，如果这才是真相，那么她以前所做的一切——不不不，这不会是真的，安君说的不会是真的！

“我凭什么相信你啊？！”孟小凡丢下这句话，头也不回地离开了。刚走出没几步，她的手机响了，是医院打来的，告诉孟小凡她弟弟的最新尸检报告已经出来，叫她去医院一趟。

孟小凡这才开始相信安君并没有骗自己，她拖着软绵绵的腿来到了医院。

与此同时，正在公安局配合调查严寒的安露也得到了丁芋被严寒绑架的消息，她打了一辆车，飞速回到了医院。

丁邵峰刚到医院，严寒的电话又打了进来：“快点儿吧，丁教授，晚了你女儿就没命了。”

丁邵峰大急，也顾不上通知其他人，箭一般地冲上楼顶，果然见女儿被一根绳子绑住身体，站在楼顶的边缘。她看到丁邵峰，哭叫得更厉害了。

“爸爸，救我，救我啊爸爸。”

“别害怕，丁芋，爸爸来了。”丁邵峰说着，跌跌撞撞地往女儿身边跑去。

丁邵峰忽然停住了脚步，因为他发现自己与女儿所站的平台之间，还有一段距离，几根半米宽的装饰性石板把这两个平台连接了起来，而下面，则是几十米的深渊。

女儿还在哭叫，丁邵峰咬了咬牙，顺着石板小心翼翼地往女儿这边走来。

“站住！”刚走了一半，严寒就在对面大叫了起来。

丁邵峰愤怒而无措地看着严寒，不知道他要耍什么花招。

“退回去。”严寒此时摘下了口罩，得意扬扬地在空中挥着。他为自己能像对待一只蝼蚁一般对待面前这个被千万人崇拜的丁教授而得意。

“你想怎么样？”丁邵峰狂吼着，还站在石板中央，一步也没有后退。

“不怎么样，”严寒依旧慢条斯理，“我就是想报复。”

楼下的众人已经发现了楼上的一幕，安君打电话叫人，安露与安母已经吓得快要晕过去了。孟小凡刚从院长办公室得知严寒才是真正的凶手，出门便看到了楼顶上严寒绑着丁芋威胁丁邵峰，她不顾一切地想冲上楼，却被楼梯绊倒摔晕在地。

楼下的人越聚越多，严寒已经豁出去了，他对着丁邵峰大笑了起来。

“你放了我女儿！”丁邵峰攥紧了拳头，愤怒让他浑身发抖，然而他又必须控制好自己的身体，因为稍有不慎，就有可能从石板上跌落下去。

“那不行，我要一命抵一命。”严寒也叫了起来，“你害死我弟弟，我要为他报仇！”

“我告诉你，你弟弟的死跟我没关系，没关系！你干吗跟我、跟我家里人过不去！”

严寒笑起来：“你这个伪君子，到现在还不承认，我就好好跟你讲讲！”

严寒说，弟弟寒冬一生只爱一个女人，那就是孟小凡，可是因为丁邵峰，孟小凡对寒冬的一片深情视而不见，如若不然，他能出车祸吗？严寒回来，就是为寒冬报仇的，所以他才精心策划了这一切。

“要你的命，太容易了。你知道我最想看到什么吗，丁教授？我最想看到的是你身败名裂、家破人亡，我要一步步地玩死你！”

“你到底想怎样？”眼前这个人已经疯了，丁邵峰看着哭得声嘶力竭的女儿，无奈地问。

“我要你跳下去，”严寒说，“你敢吗？只要你跳下去，我就放了你女儿。”

丁邵峰往下看了一眼，十几层楼的高度，他闭上了眼睛。

“真的吗？你说话算话？”丁邵峰颓然问道。

“当然，我跟你有仇，跟她没有。再说，这么可爱的小姑娘，我也舍不得让她死啊。”严寒狞笑着。

此时楼下由远及近传来了警笛声，严寒脸色大变。

“跳下去，快！”严寒大叫。

丁邵峰又看了一眼女儿，丁芋哭得嗓子都哑了，她一直叫着：“爸爸救我，救我。”严寒的手紧紧抓住丁芋的胳膊，似乎随时都会把她推下去。

丁邵峰已经横下心来，既然一切是由自己的错误开始，那就让自己来完结这个错误吧。他看了看楼下，凄然一笑，正准备纵身一跃……

忽然，丁芋低头咬了正在狞笑的严寒的手一口，严寒疼得手一抖，把丁芋推了下去。丁芋的小身子倒下，瞬间便往下掉落……丁邵峰不顾一切地扑上前来，一把拽住了丁芋身上的绳子，一点点把她往上面拽。

严寒扑过来，拿脚狠命踢丁邵峰，但丁邵峰无论如何就是不松手，绳子勒破了他的掌心，他咬牙坚持，直到把女儿拽了上来。赶上来的民警一拥而上，把丁芋接了过去。严寒一看筹码没有了，再度向丁邵峰扑来，两人抱在一起，从楼顶摔落下去。

在摔落的过程中，丁邵峰觉得自己无比清醒。

尾　声

严寒当场丧命，丁邵峰在医院昏迷了一周后才苏醒过来。孟小凡跌了一跤，孩子没了，但她整个人却像是从过去中复活了。

丁邵峰出院后，先来到了公墓，在秋伊宁的墓前，他把那本给写给秋伊宁的书放到碑上，他告诉秋伊宁，自己已经长大了，有了最爱的人，也有了漂亮可爱的女儿，他会放下过去那些美好的往事，与家人一起好好生活，同时，他也祝愿秋伊宁在天堂一切都好。

改版后的《心路》又和大家见面了，重新坐在直播话筒前的丁邵峰看着这熟悉的一切，恍若隔世。在同事信任接纳的目光中，他的内心涌动着难以名状的幸福感。

节目开始前，丁邵峰给大家讲了个故事。一个已婚男人，爱上了一个女孩子，他很苦恼，来到佛前，求佛给他指条道路，到底他该选哪个女人在一起呢？佛说：你就选你最爱的那个吧。可是男人觉得两个他都爱，还是不知道做何选择。佛叫男人看供桌前的三支蜡烛，问他哪支最亮。男人说他看不出来。佛于是叫他把其中一支拿到眼前，男人忽然发现这支就是最亮的，他把发现告诉了佛。佛微笑着说：不管你做了何种选择，如果你不把这支蜡烛和你爱的人放在眼前，或摆在心里，就永远不可能成为最亮的那支。男人懂了，他回到了妻子身边……

“我们谁都无法阻止情感的发生，但是作为一个成熟的人，我们应该做到发乎情止乎礼，把你的爱人放在心上，在你们共同的火焰里，终老一生……”丁邵峰动情地说着，泪水湿润了眼眶。

孟小凡摘下了耳机。此时她已经踏上了去他乡的旅途，在丁邵峰的声音中，她大步朝前走去，不再回头。